목포문학사와 전남시단사

김 선 태

1960년 전남 강진 출생. 중앙대학교 대학원 석사과정(문학석사), 원광대학교 대학원 박사과정 졸업(문학박사). 1993년 광주일보 신춘문예 당선과 월간『현대문학』에 시와 문학평론이 추천되어 등단. 시집『간이역』,『작은 엽서』,『동백숲에 길을 묻다』,『살구꽃이 돌아왔다』,『그늘의 깊이』,『한 사람이 다녀갔다』,『햇살 택배』등. 문학평론집『풍경과 성찰의 언어』,『진정성의 시학』등. 연구서『김현구 시 연구』,『김현구 시 전집』등. 공저『광주·전남 현대시문학 지도』,『우리 문학의 감상과 이해』등. 기행산문집『강진문화기행』등. 애지문학상, 윤동주문학상 우수상, 전라남도문화상, 시작문학상, 영랑시문학상, 송수권시문학상 등 수상. 현재 목포대학교 국문학과 교수.

목포문학사와 전남시단사

초판 1쇄 발행 2019년 11월 20일

지은이 | 김선태
펴낸이 | 지현구
펴낸곳 | 태학사
등   록 | 제406-2006-00008호
주   소 | 경기도 파주시 광인사길 223
전   화 | (031)955-7580
전   송 | (031)955-0910
전자우편 | thaehaksa@naver.com
홈페이지 | www.thaehaksa.com

이 책은 전남문화관광재단으로부터 2019년 문예진흥기금 지원을 받아 출간하였습니다.

값은 뒤표지에 있습니다.

ISBN 979-11-6395-089-9 93810

목포문학사와 전남시단사

김 선 태 지음

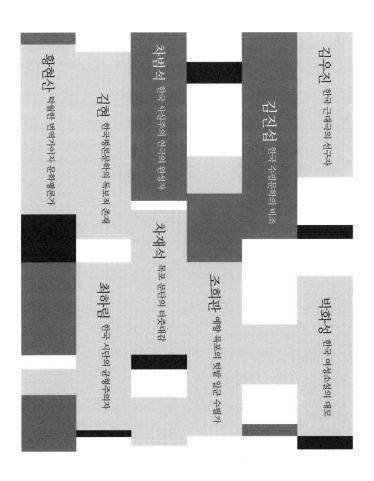

황현산 탁월한 번역가이자 문학평론가

김현 한국 현대문학의 독보적 존재

차범석 한국 사실주의 연극의 완성

김우진 한국 근대극의 선구자

김진섭 한국 수필문학의 비조

차재석 목포 문단의 터줏대감

최하림 한국 시단의 균형추이자

조희관 예향 목포의 텃밭 일군 수필가

박화성 한국 여성소설의 대모

태학사

목포에 산 지 40여 년째에 접어든다. 목포대학교 국문학과에 재직하면서 목포를 기반으로 문단 활동을 펼치고 있는 필자는 이 도시가 지니고 있는 문학적 전통과 자산을 매우 자랑스럽게 여기고 사랑한다. 그리고 목포문학의 발전을 위해 무엇을 할 것인가를 늘 고민해오던 차에 이 책을 펴낸다. 이 책은 크게 「목포문학사」와 「전남시단사」로 구분되어 있다. 전자는 『목포시사』(2017) 문학 편을 집필한 것을 수정·보완한 것이고, 후자는 계간 『시인수첩』(2017)에 발표한 「한국의 시단-전남편」을 수정·보완한 것이다. 집필 당시의 사정에 따라 전자는 상세하고, 후자는 개략식이다.

먼저, 「목포문학사」이다. 올해로 개항 122주년(1897년 개항)을 맞이한 목포는 도시의 규모나 역사의 일천함, 그리고 한반도 서남부 끄트머리인 변방에 자리하고 있다는 지정학적 위치의 불리함에도 불구하고 이 땅을 대표하는 예술가들을 다수 배출함으로써 명실상부한 호남의 예향으로 불려왔다. 김환기(서양화가), 허건(남종화가), 이매방(승무가), 최청자(현대무용가), 장주원(옥돌공예가), 김성옥(연극인), 김길호(연극인), 이난영(대중가수), 남진(대중가수), 조미미(대중가수), 김경호(대중가수), 오정혜(국악인), 오지호(배우), 박나래(코미디언) 등 이름만 들어도 알 수 있는 예술인들이 목포 출신이다. 그리고 김우진(극작가), 박화성(소설가), 차범석(극작가), 천승세(소설가 겸 극작가), 이가형(추리소설가), 최일수(문학평론가), 권일송(시인), 최하림(시인), 김지하(시인), 김현(문학평론가), 황현산(문학평론가) 등 걸출한 문인들을 다수 배출했다. 특히 이 문인들이 한국현대문학사에서 차지하고 있는 현저한 위치를 감안한다면 목포문학을 제외하고 한국문학을 논의할 수 없다고 해도 과언은 아닐 것이다. 이들 중 김우진은 '한국 극예술의 선구자', 박화성은 '한국여성소설의 대모', 차범석은 '한국 사실주의 연극의 완성자', 김지하는 '한국이 낳은 세계적인 시인', 김현은 '한국 평론문학의 독보적인 존재'로 불린다. 더욱이 박화성, 차범석, 김환기, 허건, 최청자 등 5명은 영예로운 대한민국예술원 회원이기도 하다. 이는 국내 단일도시로는 전무후무한 기록에 해당한다.

  그러나 목포문학은 이러한 훌륭한 문학적 전통과 자산을 보유하고 있음에도 불구하고 아직도 이를 체계적으로 정리한 문학사를 갖고 있지 못한 실정이다. 물론 이를 위한 시도가 전혀 없었던 것은 아니다. 『목포시사』, 『목포 개항 백년사』, 『목포 100년의 문학』 등에 기술된 목포문학사와 관련한 글들이 그것이다. 하지만 이 글들은 다음과 같은 몇 가지 측면에서 중대한 결함을 노정하고 있다. 첫째, 해방 이전까지 목포문학의 흐름에 대한 기술이 전무하다는 점, 둘째, 해방 이후에 대한 기술마저도 잡다한 현황자료를 나열한 것에 불과하다는 점, 셋째, 시대적 배경과 흐름 분석, 문학사적인 의미 부여나 평가가 전혀 안 되어 있다는 점 등이 그것이다. 필자는 이러한 사실이 늘 부끄러웠고, 해결해야 할 숙제처럼 여겨졌다. 그래서 이러한 결함을 극복한 제대로 된 목포문학사를 한번 써보자는 결심을 굳혔고, 이를 실천에 옮기게 된 것이 「목포문학사」이다. 따라서 이 글은 주요 문인이나 문단 활동사항에 있어서 관련 자료를 총동원하여 최대한 객관적인 입장에 입각하여 선별·기술·평가하려고 노력했음을 밝힌다. 그럼에도 불구하고 나타날 미진한 점들은 후속세대의 다른 글에 의해 수정·보완되기를 바라마지 않는다.

둘째, 「전남시단사」이다. 전남시단사 역시 목포문학사와 마찬가지로 아직까지 일목요연하게 정리된 적이 거의 없다고 할 수 있다. 몇 안 되는 관련 글들이 현황자료의 나열이라는 한계를 벗어나지 못했다. 특히 광주·전남 현대시문학의 뿌리와 정신이 무엇인지를 밝히기 위해 현대만이 아니라 고대 시문학의 흐름까지 살펴보는 경우는 전무하다. 또한 광주와 전남이 분리되면서 어디까지 함께 기술하고, 또 어디부터 나누어 기술할 것인지 모호한 점이 많다. 이러한 문제점을 극복하고 기술한 전남시단사는 이 글이 처음이 아닌가 한다. 게다가 작금에 이르러 그 어느 때보다 침체되어 있는 전남시단의 활로를 열기 위해 문제점을 진단하고 발전방안을 제시해보았다. 다만, 이 글이 집필 당시 약식으로 되어 있기 때문에 상세한 기술이 되지 못한 점이 있다. 그리고 시대별 주요 시인을 선별함에 있어 너무 강퍅한 점도 없지 않다. 이러한 미진한 점 역시 훗날 수정·보완하고자 한다.

아무쪼록 이 책이 지역문학으로서 목포문학과 전남시단의 발전에 조금이나마 보탬이 되기를 소망한다. 끝으로 이번에도 책 출간을 선선히 떠맡아주신 태학사 지현구 사장님과 편집부 여러분께 심심한 감사의 마음을 전하고 싶다.

2019년 늦가을

김 선 태

제 2 부　전남시단사

제 1 부

목포문학사

목포문학의
흐름과 활동

1. 1920년대-목포문학의 출발과 김우진

1) 개관

목포문학의 출발은 목포항의 개항과 때를 함께 한다고 할 수 있다. 주지하다시피 목포항은 1876년 부산항, 1880년 원산항, 1883년 인천항에 이어 1897년 전국 네 번째로 개항하였다. 개항을 통한 근대문화와 문물의 유입은 한반도의 서남쪽 끄트머리에 있는 작은 포구가 근대도시로 탈바꿈하는 데 결정적인 동인이 되었다. 그리하여 1895년 나주목 무안현에서 분리된 목포진은 목포항으로 급부상하였고, 1910년 국권침탈 후 무안부에서 목포부로 개칭되었으며, 1932년에는 무안군 일부 지역 편입으로 면적이 늘어나 인구 6만의 조선 6대 도시·3대

1920년대 목포항

항구로 성장했다.[1]

  물론 개항 이전 목포문학의 흔적이 전혀 없는 것은 아니다. 1890년에 건립·결성되어 현재까지 존속하고 있는 '유산시사(儒山詩社, 현 목포시사)'가 그것이다. 이는 원래 이 지역 문인들에게 시문(詩文)을 가르치기 위해 세워졌으나, 1910년 국권상실로 망국의 한을 달래며 우국충정의 비분을 토로하는 유림들의 문학결사 단체로 방향이 바뀌었다. 그리고 결성 시기가 개항 이전, 그러니까 목포진이 무안현에서 분리되기 이전이어서 목포시만의 순수문학단체로 보기가 애매한 점이 있다. 게다가 이들이 창작한 문학작품 또한 한시 위주여서 근대문학의 범주에 포함하기 어렵다. 그러나 목포문학의 유산인 것만은 사실이므

---

1 1949년 목포부에서 목포시로 개칭한 후 현재에 이르고 있다.

로 포함은 하되, 근대문학의 산물과는 별도로 분리하여 보는 것이 바람직하다고 생각한다. 따라서 진정한 목포문학은 근대 문물이 유입된 개항 이후부터 비롯됐다고 보아야 타당하다. 다시 말해 목포문학은 곧 목포근대문학으로 통한다.

목포문학이 근대문학으로서 면모를 갖추기 시작한 시기도 한국근대문학의 출발과 겹친다고 할 수 있다. 그 출발점은 목포 최초의 근대문인인 김우진이고, 장르는 소설이다. 그는 일찍이 1913년(16세) 단편소설「공상문학」(미발표)을 탈고했으며, 구마모토 농업학교 시절인 1915년에는 일문시(日文詩)「아아 무엇을 얻어야 하나」라는 근대자유시를 창작했다. 이들은 비록 발표되지는 못했지만, 창작 시기로만 놓고 본다면 우리나라 최초의 근대소설로 알려진 이광수의『무정』(『매일신보』, 1917)보다 4년이나 앞서고,[2] 우리나라 최초의 근대자유시로 알려진 김억의「봄은 간다」(『태서문예신보』, 1918)와 주요한의「불놀이」(『창조』, 1919)보다 3~4년이나 앞선다. 이는 목포문학이 그저 한국근대문학의 뒤를 따라간 것이 아니라 앞장서서 끌고 갔다는 이야기가 된다. 목포문학이 호남근대문학의 출발점 혹은 거점 역할을 담당했다는 주장도 여기에 근거하고 있다. 이렇듯 목포문학이 일찍부터 발달할 수밖에 없었던 요인은 목포항의 개항에 따른 근대문화의 유입과 더불어 일본 유학을 다녀온 근대문인들이 타 지역에 비해 상대적으로 많았으며, 이들이 일찍부터 문학 활동을 펼쳤기 때문이다.

---

2 권정희, 「문학의 상상력과 '공상'의 함의-김우진의 「공상문학」 연구」, 『한국극예술연구』 39호, 한국극예술학회, 2013 참조.

1910년대가 예열의 시기였다면 목포문학이 본격적으로 출발한 시기는 1920년대에 들어와서부터이며, 그 문을 활짝 열어젖힌 장본인들은 김우진, 박화성, 김진섭이다. 각각 '한국 극예술의 선구자', '한국여성소설의 대모', '한국 수필문학의 비조'로 불리는 이들은 '목포문학의 1세대'이자 '한국 근대문학의 선구자'들이라고 할 수 있다. 이들이 있었기에 목포의 근대문학은 시작부터 탄탄한 기반을 형성할 수 있었다. 따라서 목포문학사에서 1920년대를 '3인 문단시대'라고 일컬어도 무방하겠다. 그러나 이 시기에 박화성이나 김진섭이 목포를 떠나 타 지역에서 거주한 반면, 김우진은 귀향하여 목포에서 창작 활동을 펼쳤던 만큼 1920년대 목포문학사에서 실질적으로 주목할 문인은 김우진이라고 하겠다.

2) 주요 문인 활동[3]

(1) 김우진-목포근대문학의 출발점

김우진(金祐鎭, 1897~1926)은 목포에 최초로 근대문학의 씨앗을 뿌린 장본인이요 한국 근대극의 선구자이다. 그는 목포문학사에서 1920년대를 가장 뜨겁고 격렬하게 살다간 문인이기도 하다.[4] 그도 그럴 것

---

3 기술 대상인 주요 문인은 목포 출생이거나 목포에서 10년 이상 거주한 문인 중에서 전국적인 지명도를 갖고 있거나, 작품성 또는 가능성을 인정받은 문인, 지역문학으로서 목포문학의 발전에 기여한 바가 큰 문인을 대상으로 선별하여 다루었다. 또한 작품 소개는 목포를 소재로 한 것에 초점을 맞추었다.
4 김우진의 추도회가 1926년 9월 16일 오후 8시 친구들의 발기로 목포청년회관에서 개최되었다.

이 1920년에 본격적인 문단 활동을 시작하여 1926년 사망에 이르는 짧은 기간 동안 거의 모든 작품을 창작할 만큼 불꽃같은 삶을 살다간 비운의 천재였기 때문이다.

전술한 바대로, 그는 일찍이 16세 때 소설 「공상문학」(미발표)[5]을 창작했다. 1913년 6월에 창작된 이 작품은 원고지 150매 정도의 단편소설 규격을 완벽히 갖춘 작품으로서 이탈리아의 민족시인 다눈치오의 「죽음의 승리」와 토마스 하디의 『환상을 쫓는 여인』과 유사한 소설이다. 또한 1915년에는 일문시(日文詩) 「아아 무엇을 얻어야 하나」[6]라는 근대자유시를 창작했다. 그는 애초 시인을 꿈꾸며 1915년 구마모토 농업학교 시절부터 시를 쓰기 시작하였으나, 정작 대학시절부터는 연극에 심취하여 1920년에 조명희, 홍해성, 고한승, 조춘광 등과 함께 연극연구단체인 '극예술협회'를 조직하였다. 1921년에는 '동우회순회연극단(同友會巡廻演劇團)'을 조직하여 국내순회공연을 했다. 이때 공연비 일체와 연출을 담당했고, 상연 극본인 아일랜드의 극작가 던세니의 〈찬란한 문〉(단막)을 번역했다.

1924년 대학을 졸업하고 1925년 귀향한 그는 아버지가 물려준 '상성합명회사'의 사장으로 일하면서 같은 해 목포지역 최초의 문학동인회인 'Socie Mai(5월회)'를 조직하여 리더로 활동하였는데, 이것이 그가 목포 문단에서 실질적인 활동을 벌인 유일한 기록이다. 1915년 이

---

5 김우진이 최초로 쓴 문학작품. 문학은 "쓸 데 없는 정념을 일으킨다."는 백하청(실제 김우진의 아버지 김성규일 수 있음)과 갈등하면서도 문학을 고수하는 주인공 백순자(실제 김우진일 수 있음)가 끝내 죽음에 이르게 된다는 내용(허소미, 「김우진의 시에 대하여」, 『문학춘추』, 2014년 가을호, 1쪽).
6 김우진, 『김우진 작품선집 02−김우진 시선집』, 작가와비평, 2013.

후부터 창작해온 시를 전혀 발표하지 않고 있던 그는 처음으로 동인지 『Societe Mai』[7] 제1집에 시 「아버지께」를 시작으로 제4집까지 몇 편의 시를 싣게 된다.[8] 그리하여 목포에서 머문 2년여 동안 〈정오〉, 〈이영녀(李永女)〉, 〈두덕이 시인의 환멸〉, 〈난파〉, 〈산돼지〉 등 희곡 5편을 비롯하여 시 50편, 소설 3편, 번역 3편, 연극 및 문학평론 20편 등 문학 전반에 걸쳐 집중적인 성과물을 남겼다.[9] 특히 표현주의에 입각한 희곡 〈이영녀〉는 당시 유달산 밑 사창가를 배경으로 한 작품이다.[10] 1924년 여름부터 1925년 겨울에 이르는 작품 속의 시간은 김우진이 북교동 자택에 설치된 상성합명회사의 사장으로 일하고 있었던 때와 거의 일치하기 때문에 목포 특히 작품의 무대인 양동지역이 직접 눈으로 보는 것처럼 선명하게 그려져 있다. 주인공 이영녀는 자식들을 양육하기 위해 자신의 성을 파는 매춘녀이다. 따라서 표층적으로 이 작품은 동시대의 피해자로서 여성을 조명하고 있다. 그러나 이 작품은 매춘에 있어 환전의 주체가 바로 이영녀 자신이라는 사실을 놓치지 않는다. 따라서 이영녀의 죽음, 다시 말해 매춘행위의 소진은 남성 중심사회와 그 이데올로기를 허물어뜨리는 의미기재로 운용된다. 그

---

7 이는 공식적인 출판물은 아니었음.

8 1926년 1월부터 6월까지 연극 평론을 『시대일보』에 연재하고, 그 밖의 평론과 연극 평론, 희곡을 『조선일보』, 『개벽』, 『학조』 등에 발표할 동안 시는 오로지 『Societe Mai』에만 실었다. 따라서 그가 쓴 연극 평론, 희곡 등이 여러 활자 매체를 통해 발표된 것에 비하면 시 발표는 미미했다고 볼 수 있다. 작품 성향도 직설적인 관념의 토로에 그친 점이 많다. 이것이 희곡에 비해 시가 높이 평가받지 못한 이유이다.

9 만약 그가 자살하지 않고 5년 정도만 더 작품 활동에 매진했다면 근대 초기 한국문학의 위상이 크게 달라졌을 것이다.

10 작품 배경이 된 곳은 목포시 양동이다. '양동'이라는 지명은 당시 서양의 선교사들이 많이 기거했던 곳이라는 점에서 연유한 것으로 보인다.

러므로 이 작품은 어둡고 빈궁한 삶 속에서도 주체적인 삶을 영위하다 죽어간 여주인공에 대한 진지한 보고서이자, 남성본위중심문화의 폐해를 정면으로 공박한 의미 있는 작품이라고 할 수 있다.[11]

(2) 박화성-단편 「추석전야」로 문단 진출

박화성(朴花城, 1904~1988)은 목포 출신 최초의 여성소설가이자 한국 최초의 근대여성소설가이다. 그녀는 1922년 전남 영광중학교로 자리를 옮겨 근무하면서 동료교사이자 시조시인 조운(曺雲)[12]과 교유하면서 본격적인 문학수업을 하였으며, 1925년 단편소설 「추석전야(秋夕前夜)」를 이광수(李光洙)가 『조선문단(朝鮮文壇)』에 추천함으로써 소설가의 길로 들어섰다. 이후 학업을 계속하기 위하여 상경, 1926년 숙명여자고등보통학교(신학년제 4년)를 졸업한 뒤, 1926년 일본으로 건너가 니혼여자대학(日本女子大學) 영문과에 입학하였다. 그러나 김국진(金國鎭)과의 혼인 문제 등 개인 사정으로 1929년 3학년을 수

---

11 김우진은 보수적인 유교적 가정에서 성장했지만 서구 근대사상을 철저하게 탐닉했다. 그의 사상적 바탕이 된 니체라든가 마르크스 같은 철학자는 물론 러시아혁명 이후의 사회주의에도 깊이 빠져 있었다. 이러한 급진적 사상은 연극에서 스트린드베리(Strindberg, J. A.)의 표현주의와 전통부정정신, 쇼우(Shaw, G. B.)의 개혁사상을 받아들이게 했으며, 그에게 있어 전통인습을 송두리째 부정하는 자세를 견지하게 만들었다. 그의 자살원인이라든가 작품세계도 이러한 사상적 측면에서 고찰될 수가 있다. 시 「죽엄」·「사와 생의 이론」·「죽엄의 이론」 등에서 잘 나타나는 것처럼 그의 시세계는 철저한 현실부정과 개혁의 세계를 보여준다. 희곡 또한 시대적·가정적 고통을 담은 자전적 세계를 보여준다(『한국민족문화대백과사전』, 한국학중앙연구원, 1991 참조).

12 영광 출신인 조운은 1918년 목포상고에 입학하여 1921년 졸업한 후 곧바로 영광중학교 교사로 부임하였다. 그는 박화성이 3년 동안 영광에 머물 때 소설가로 등단하는데 결정적인 도움을 주었다.

료하고 귀국하였다. 따라서 1920년대에 그녀가 작품 활동을 한 사실은 등단 이외에는 없으며, 타 지역에 거주하였기 때문에 목포 문단과 직접적으로 관련된 내용도 없다.[13]

그러나 등단작「추석전야」는 목포를 배경으로 한 소설로서, 이후 그녀가 주로 일제강점기 목포의 노동자나 인근 농촌 농민의 현실을 소설화하는 출발점이 된다는 점에서 의미가 있다.[14] 이 소설은 1925년 목포에 최초로 건립된 방직공장 직공들 중에서도 압박과 설움을 가장 많이 받았던 여직공들의 참담한 생활을 그리고 있을 뿐만 아니라, 목포의 초기 도시화 과정의 이중성(일본인 마을과 조선인 마을의 차별)[15]도 고발하고 있다.

(3) 김진섭-'해외문학연구회'와 '극예술연구회' 결성

김진섭은 신문학 이후 문필인들의 여기(餘技) 정도로나 여겨왔던 수필을 본격적인 문학의 장르로 끌어올림으로써 한국수필문학의 기틀을 다진 비조(鼻祖)로 불린다. 그는 1903년 목포에서 태어났으나 7세 때 발령을 받은 아버지를 따라 제주 정의(旌義)로 이주하여 정의초등학교를 다니다가, 졸업 무렵 다시 나주로 이주하였다. 1916년 서울로 이주하여 1920년 양정고보를 졸업하였고, 1921년 일본 호오세이대학(法政大學) 전문부 법과에 입학하였으나 독문과를 선택, 1927년

---

13 그녀가 소설가로서 본격적인 활동을 재개하여 입지를 마련한 시기는 1930년대부터이다.
14 그녀가 이러한 작품을 쓰게 된 데에는 오빠 박제민과 남편 김국진의 영향을 받은 듯하다.
15 고석규,「근대도시 목포의 대중문화를 통해 본 식민지 근대성」,『지방사와 지방문화』제9권 1호, 2006, 91~122쪽 참조.

에 졸업하고 귀국하였다. 8.15 이후에는 서울대·성균관대 교수 등을 역임하기도 했다. 1950년 6.25 때 논문집『교양의 문학』원고를 출판사에 넘겨놓고 납북[16]되어 지금껏 언제 어떻게 사망했는지 알 수 없다. 따라서 그는 목포에서 출생하기만 했을 뿐 목포 문단과 거의 인연이 없으며, 목포와 관련한 어떠한 기록이나 문학작품도 남기지 않았으므로, 실질적으로 목포 출신 문인으로 보기 어려운 측면이 있다. 그러나 출생지가 목포인 것만은 분명하므로 그의 문학적 업적은 목포문학의 유산으로 포함할 필요는 있다고 본다.

애초 그의 문학적 관심은 수필 창작이 아니라 연극 활동을 위한 해외문학작품 번역에 있었다. 1926년 일본유학시절 손우성, 이하윤, 정인섭 등과 '해외문학연구회'를 결성하여 1927년 귀국 후『해외문학』창간에 참여하였고, 카프의 프롤레타리아문학과 대결하여 해외문학 소개에 진력하였으며, 평론「표현주의 문학론」을 비롯하여 독일문학을 번역·소개했고, 서항석, 이헌구, 유치진 등과 '극예술연구회'를 조직한 것이 그것이다. 이러한 점 때문에 그는 1920년대에 문단 활동을 시작한 문인으로 보고 있다.

---

16 한동안 문학계에서 납북 문학가와 월북 문학가를 분리하여 명단을 정리 발표한 사실이 있다. 왜냐하면 자진 월북이냐, 끌려간 월북이냐를 놓고 한동안 논란이 있었기 때문이었다. 김진섭은 엄연한 납북 문학가의 한 사람이다. 서울대학교출판부에서 간행된 권영민(1986) 의『해방직후의 민족문학운동연구』, 10쪽과 22쪽에 따르면, "조국의 광복 후에 한국동란의 전쟁이 시작되기 전까지의 이 시기에, 김진섭은 좌익 문학인 중심의 조선문화건설 중앙협의회에 대응하여 1945년 9월 8일에 결성된 조선문화협회의 발족에 간여하고, 나아가 조선문학가동맹에 대항하면서 1946년 3월 13일에 결성된 전 조선문필가협회 발족에도 간여하였다. 이러한 연유로 인하여 납북되고 말았으리"라고 전해온다.

3) 주요 문학 활동[17]

(1) 한시 명맥 이은 전국 유일의 '유산시사'

유산시사(儒山詩社)는 1890년 여규형, 허석제, 박만취 등이 이 고장 문인들에게 시문을 가르치기 위해 건립한 유산정(儒山亭)에서 비롯되었다. 지금의 건물은 한말의 대학자인 무정(戊亭) 정만조(鄭萬朝, 1858~1936)[18]가 1907년에 세운 것이다. 1920년에 정만조가 유산시사(儒山詩社)로 개명(초대 시사장에는 김우진의 아버지 초정 김성규)했으며, 1937년 현재의 목포시사(木浦詩社)

전국 유일의 목포시사(木浦詩社)

가 되어 지금껏 존속하고 있다. 한시의 명맥을 이어온 전국 유일의 시

---

17 해당 시기에 목포문학의 발전을 위하여 의미가 있다고 판단되는 단체나 문학 활동을 다루었다.

18 유산시사의 결성·건립에서 빼놓을 수 없는 사람이 정만조다. 그는 진도로 유배 중에 자주 목포를 오가며 후학들을 가르쳤다. 의재(毅齋)와 남농(南農)의 호도 정만조가 지어줬고, 유달산의 한자 표기도 鍮達山에서 儒達山으로 바꾸기도 했다. 이렇듯 그는 유산시사를 통해 퇴폐한 학문의 기풍을 바로잡아 지방 문화에 많은 공적을 남긴 한말의 대학자였지만, 1935년 조선총독부가 주도하는 심전개발(心田開發)운동에 동조하는 간담회를 주최하는 등 친일활동으로 안타깝게도 「일제 강점 하 반민족행위 진상규명에 관한 특별법」 제2조 제17호에 해당하는 친일반민족행위로 규정되었던 인물이기도 하다(『친일반민족행위진상 규명보고서』 IV-16: 친일반민족행위자 결정이유서, 73~88쪽 참조).

사(詩社)[19]로서 지금도 매년 봄과 가을에 시회 및 한시백일장을 열어오고 있으며, 개항 이전부터 있었던 목포문학의 유일한 뿌리다.

1976년 전라남도 기념물 제21호로 지정된 이 건물은 규모가 앞면 4칸·옆면 1칸 반이며, 지붕은 옆면에서 볼 때 여덟 팔(八)자 모양인 팔작지붕이다. 안에는 정만조의 문집을 비롯한 한말의 전적, 한시 현판, 한시백일장 결과물 등을 소장하고 있다.

(2) 목포 최초의 문예 관련 단체 '목포사론협회'

목포사론협회는 목포 유지들의 발기로 1923년 6월 19일 발기총회와 6월 25일 제1회 임시총회를 거쳐 만들어진 목포 최초의 문예 관련 단체이다. 당시 박양규, 김필호, 김희영, 권녕례, 김동원 등으로 구성된 이사회에서 채택한 강령을 보면, △일반의 향상을 도모키 위하여 필요한 연극 또는 제반 강연 및 토론회 개최, △현대에 적의한 문예현상회 또는 법학 및 속기술 연구 강습회의 수시 개최, △문화에 필요한 기사를 신문, 잡지 등에 통신하여 일반 사회에 소개 등으로 되어 있다. 이 강령대로라면 당시 목포 문단에 끼친 영향도 상당했을 것으로 짐작되나 상세한 활동 상황에 대한 기록은 찾을 수 없다.

(3) 목포지역 최초의 문학동인회 '소시에 마이(Socie Mai)'

소시에 마이(5월회)는 김우진 등이 주축이 되어 결성한 목포지역 최

---

19 '시사'란, 문사들이 서로 시문을 독려하고 자연과 시를 노래했던 풍류의 장소를 뜻한다. 목포시사는 시인 묵객들의 단순한 모임을 넘어 한말에 망국의 한과 우국충정을 토로하던 유림의 문학결사단체였다.

초의 문학동인회이다. 김우진은 1915년부터 근대자유시를 창작했으나 공식적인 문예지나 신문에 일절 발표한 적이 없다가 1925년 5월 귀국 직후 이 동인회를 결성하여 동인지에 「아버지께」 등 수 편을 발표한 바 있다. 그러나 이듬해 김우진의 사망과 함께 해체된 것으로 보인다. 동인지를 비롯한 상세한 활동사항이나 참여 문인 명단은 알 수 없다.

(4) 목포청년운동을 주도한 '조선프롤레타리아예술동맹 목포지부'

1928년 12월 목포청년동맹회관(현 남교소극장)에서 설립된 무산계급 문예 관련단체이다. 1925년 8월 조선프롤레타리아예술동맹(KAPF)이 염군사계와 파스큐라계가 합동하여 결성된 지 2년, 1927년 9월 김철진 등 순수 볼셰비키적 의식을 가진 자만을 중심으로 제1차 방향전환이 이루어진 지 1년 뒤에 목포지부가 설립되었다. 원래 설립대회는 8개월 전인 4월 1일 개최코자 했으나 소위 목포운동 분규사건으로 인하여 카프맹원들의 검거와 투옥이 있었던 터라 이들의 만기 출옥에 따라 12월 1일로 미루어졌다. 설립대회에서 선임된 진행위원은 정학현, 정적파, 송호, 박응신, 박용운, 김상만, 오성덕, 임태호 등이다. 조선프롤레타리아예술동맹 목포지부는 1920년대 목포의 청년운동을 주도했는데, 박화성의 소설 「헐어진 청년회관」은 이를 배경으로 한 것으로 보인다.

2. 1930년대 - 『호남평론』과 박화성

1) 개관

일제의 사상탄압이 극심했던 1930년대 초·중반에서부터 황국신민화정책이 노골화되었던 1930년대 후반까지는 우리 문학이 전반적으로 위축된 시기에 해당한다고 할 수 있다. 이러한 시대상황과 맞물려이 시기의 목포문학도 우리 문학 전체의 흐름과 맥을 함께 했다. 목포문학의 선구자 역할을 했던 김우진의 사망에 따른 부재는 1920년대에 싹이 텄던 문학이 1930년대에 발전적으로 이어지는데 상당한 걸림돌로 작용했다. 그런 속에서도 김철진(1900~1971)[20]이 발간한 『호남평론』을 중심으로 펼쳐진 문학작품 발표, 출향문인으로서 박화성과 김진섭의 활발한 작품 활동은 이 시기 목포문학의 핵심적 내용이자 성과로 기록될 만하다.

좀 더 구체적으로 설명하면, 1930년대는 조선인에 대한 사상탄압으로 신간회 해체(1932)를 비롯한 카프 소속 문인들의 대대적인 검거 (1931, 1934)와 해산(1935)으로 문학 운동의 조직적인 구심점이 사라지

---

[20] 김성규의 둘째 아들이자 김우진의 동생이다. 일본 구마모토 농업학교를 졸업하고 동지사대 정경과를 중퇴했다. 1920년대에는 사회주의사상으로 무장한 독립운동을, 1930년대에는 주로 언론인으로 활동했던 그는 1927년 신간회 목포지회 상무간사를 지냈고, 같은 해 조선공산당 목포지부 책임을 맡았다. 1935년 『호남평론』 발간을 주도했고, 전남도 회의원 등을 역임했다. 1951년에는 목포상과대학(현 전남대학교 상과대학) 2대 학장을 지냈다. 한편, 그는 1937년 전 12권 6책으로 이루어진 아버지 초정 김성규(金星圭)의 시문집 『초정집 (草亭集)』을 펴내기도 했다.

게 되었다. 1920년대 중·후반 활발하게 움직였던 목포 청년들을 중심으로 한 사회주의운동과 조선프롤레타리아예술동맹 목포지부 활동도 이때 막을 내린 것으로 보인다. 그렇지만 1930년대 초·중반에는 신문이나 잡지의 수가 늘어나 작품 발표의 장이 확대되기도 했다. 『목포평론』·『전남평론』과 종합시사문예지 『호남평론』의 속간이 그것이다. 특히 『호남평론』은 1930년대 목포 일대 문인들의 유일한 작품발표의 장으로서 지대한 역할을 수행하였다.

그리고 1930년대는 중국대륙 침략을 위한 조선의 병참기지화로 경제적 수탈이 가중되었는데, 오히려 목포는 나주평야의 쌀, 면화 등을 일본으로 실어가는 수탈 항구로서 부역의 확장 등으로 인해 인구증가율이 전국 최고를 기록할 만큼 최전성기를 구가하였다.[21] 1930년대 말에는 우리말과 글의 사용 금지와 출판물에 대한 검열과 탄압, 창씨개명 등 황국신민화정책이 노골화됨으로써 문학 활동도 어쩔 수 없이 위축될 수밖에 없었다.

1930년대는 우리 문단에서 여성작가들의 출현으로 여성문학의 위상이 정립된 시기이기도 한데, 이때 출향문인으로서 활발한 작품 활동을 통해 한국여성소설의 중심에 우뚝 섰던 문인이 박화성이다. 그리고 한국수필문학의 개척자로서 김진섭이 연극 활동을 접고 본격적으로 수필을 발표한 것도 이때이다. 그러나 박화성도 1930년대 말의

---

21 1932년 목포는 무안군의 일부 지역을 편입하여 면적이 늘어나 조선 6대 도시·3대 항구로 성장하였다. 당시 목포의 인구증가율은 11.20%로 전국 최고였으며, 1935년 기준 인구는 6만 명에 달했다(고석규, 『근대도시 목포의 역사 공간 문화』, 서울대학교출판부, 2004, 19쪽).

열악한 문단 상황을 이겨내지 못하고 해방 때까지 절필하게 된다.

2) 주요 문인 활동

(1) 박화성-목포권을 배경으로 한 소설 집중 발표

목포 문단에서 1920년대가 김우진의 시대였다면, 1930년대는 박화성의 시대였다. 그녀는 목포를 배경으로 한 소설을 집중적으로 발표함으로써 1930년대를 대표하는 한국여성소설의 대모로 떠올랐다. 그만큼 1930년대는 그녀의 이름을 목포 문단은 물론 한국 문단에 확실히 각인시킨 시기였다.

박화성은 1925년에 등단하였지만 이후 학업과 결혼 등[22]으로 인해 작품 활동을 이어가지 못하다가 1932년 단편 「하수도 공사」가 이광수의 추천으로 『동광』에 다시 추천되고, 『동아일보』 신춘문예에 동화 「엿 단지」가 당선되었으며, 첫 장편소설 『백화(百花)』를 『동아일보』(1932.6.8~11.22)에 연재함으로써 1930년대를 자신의 시대로 화려하게 열어젖혔다.

1933년 「헐어진 청년회관」을 『조선청년』 창간호에 발표하려 하였으나, 총독부의 검열로 전문 삭제 당하고 말았다. 그 후 『조선청년』 발

---

22 등단 이후 박화성은 1925년 신 학제에 따라 숙명여고보 4학년에 편입하여 1926년 졸업했다. 같은 해 일본으로 건너가 일본여자대학교 영문학부에 입학하여 1928년 3학년에 진급만 하고 귀국하여 김국진과 결혼한 뒤, 1929년 남편과 함께 다시 도일하여 첫딸 승해를 출산하고, 1930년 대학 3학년을 수료한 다음 임신으로 인해 다시 귀국하였다. 1931년 목포에서 장남 승산을 출산한 후 남편 김국진이 반전데이 삐라 사건으로 피포되어 징역 3년을 언도받고 복역하는 동안 옥바라지에 전념했다.

행인인 팔봉 김기진이 은밀히 복사해 두었다가 광복이 되자 작자인 본인에게 돌려주어 1945년 『예술문화』 4집에서 빛을 보게 되었다.[23] 이 작품에 나오는 '청년회관'이란 바로 목포의 민족운동과 청년운동의 보금자리였던 지금의 남교소극장이다. 같은 해 단편「두 승객과 가방」,「누구가 옳은가?」, 장편『젊은 어머니』,『비탈』을 발표했다. 1934년에는 단편「논 갈 때」,「홍수전후」와 장편『신혼여행』,『눈 오든 그 밤』을 발표했으며, 1935년에는 단편「이발사」,「중굿날」,[24]「한귀(旱鬼)」와 장편『북국의 여명』을, 1936년에는 단편「불가사리」,「고향 없는 사람들」,「춘소(春宵)」,「온천장의 봄」,「시드른 월계화」를, 1937년엔 단편「호박」을 발표하고 나서 해방 때까지 절필에 들어간다.[25] 일제의 우리말 사용 금지와 극심해진 검열, 그리고 1938년 천독근과 재혼에 따른 시간의 부족 때문이었다.[26]

1930년대까지 발표한 박화성의 소설들은 대부분 일제강점기 조선의 농민이나 노동자의 궁핍한 삶과 지배계급의 기생적인 생산양식의 모순을 파헤치는 세계를 보여준다. 그녀가 이러한 작품을 쓰게 된 데에는 사회주의운동을 벌였던 오빠 박제민과 남편 김국진 등의 영향을 받은 듯하다. 게다가 「추석전야」, 「하수도 공사」, 「헐어진 청년회관」,

---

23 「근대 목포의 문학–한국여류문학의 상징인 소영 박화성」, 『목포 개항 백년사』, 목포백년회 편, 1997 참조.
24 이는 『호남평론』(1935년 11월)에 발표한 그녀의 유일한 단편소설이다.
25 「박화성」, 『한국여성문인사전』, 태학사, 2006, 참조.
26 박화성이 목포에 거주하면서 작품 활동을 한 기간은 1931년 김국진과의 장남 김승산을 출산하면서부터 1962년까지로 알려져 있지만, 실제로는 천독근과 재혼하기 위해 낙향한 1938년부터 서울로 이주해간 1962년까지이다. 이 기간 동안 집필실 '세한루'에 머물면서 목포문인들과 깊이 교유한 것으로 보인다.

「신혼여행」, 「춘소」 등은 목포를 소재로 한 소설들이며, 「한귀」, 「고향 없는 사람들」, 「홍수전후」 등은 목포 인근의 농촌을 배경으로 한 소설들이다. 그녀가 가장 목포 출신다운 문인으로 꼽히는 핵심적인 이유가 여기에 있다. 특히 초기문학을 대표하는 실화소설로 볼 수 있는 「하수도 공사」는 1931년 3월 29일에 일어난 목포의 하수도 공사장 소동사건[27]을 소재로 하고 있는데, 당시 일제가 하수도 공사를 실업자 구제를 명분으로 사업을 벌였으나 결국은 청부업자나 자본주의 지주의 이익으로 돌아가고 말았다는 비화를 그린 역작으로 평가된다.[28]

(2) 김진섭-수필가로서 본격적인 활동 시작

1920년대 연극 활동에 전념했던 김진섭이 정작 수필가로서 본격적인 작품 활동을 펼친 것은 1930년 『중외일보』에 최초의 수필 「인간문학론」을 발표하면서부터이다. 비록 목포 문단과는 무관한 삶을 살았지만, 「창(窓)」(1934), 「우송(雨頌)」(1935), 「권태예찬」·「주찬(酒讚)」(1937), 「백설부(白雪賦)」, 「매화찬(梅花讚)」(1939) 등 생활의 예지와 인생의 사색, 철학을 담은 중후한 작품들이 이 시기에 발표된 수필들이다. 이때부터 약 20년 동안 200여 편에 달하는 수필과 평론을 남긴 그는 1947년 첫 수필집 『인생예찬』과 1948년 수필가로서 위치를 굳힌 『생활인의 철학』과 1950년 『교양의 문』을 발간함으로써 한국수필문

---

27 하수도 공사는 죽교동 뒷개-북교초등학교-청년회관-불종대-수문통 거리-아리랑 고개까지 이어졌다고 한다. 실업자 구제를 위한 명목으로 벌어진 복지사업이었다.
28 그러나 이 작품은 반항의 형식이 소극적·간접적이어서 프롤레타리아 문학과는 차이가 있다. 그녀는 '동반자 작가'에 속했다.

학의 새 영역을 개척하였다.

3) 주요 문학 활동

(1) 시사문예종합지 『호남평론』의 속간

1935년 4월 20일 목포시 죽동 49번지에서 1930년대 목포문인들의 작품발표를 도맡았던 시사문예종합지 월간 『호남평론』이 김우진의 동생 김철진과 나만성의 주도로 창간되었다. 원래 시사종합지인 이 잡지가 문예란의 비중을 크게 둔 것은 김철진이 1926년 세상을 떠난 형 김우진의 못다 이룬 꿈을 이어받으려 했던 것으로 보인다. 그리하여 이 잡지는 1930년대 목포문학의 구심점 역할을 하는 데 크게 기여했다.

그러나 『호남평론』은 창간이라기보다 속간에 가까웠다. 그 전에 발간해오다 중단되었던 『전남평론』과 『목포평론』을 이름만 바꿔 계속 발간했기 때문이다. 이러한 사실은 "1년 3개월 동안 휴간시켜온 「전남평론」(1934.1)을 지금에 다시 계속한다고 속간이라 하기는 정말 면목이 없는 소리이다."라고 밝힌 창간호 「편집여언」을 보면 드러난다. 그러니까 목포에는 『호남평론』 발간 1년 3개월 전인 1934년 1월까지 『전남평론』이 있었고, 또 그 이전에는 『목포평론』이 있었던 것이다.[29]

---

29 이처럼 1930년대 초부터 목포에 훌륭한 잡지가 있었다는 사실은 1937년 6월 8일 나만성 선생 1주기 애도기사(『호남평론』, 1937년 7월호) "나만성 선생은 호남평론 창립자로서 『목포평론』·『전남평론』을 창간했다. 혼자서 원고 쓰고 혼자서 기사 재료를 수집하고 혼자서 원고를 얻으러 다니고 혼자서 유지비를 구해들이고 심지어 사내 소제까지 도맡아 했다." 는 기록을 통해 확인된다.

시사문예종합지 『호남평론』

그러나 이 두 잡지가 언제부터 발간되었는지 현재로서는 파악하기 어렵다.

창간 당시 사장 김성호, 주간 김철진, 편집인 겸 발행인 나만성으로 주요 진용을 갖춘 『호남평론』은 발행처가 경성 숭4동 206번지로서 경성 총지사 사무실을 겸하고 있었으며, 그 후 진도지사, 장성지사 등 지사 확충을 꾀하면서 1936년 1월 1일 자 본금 1만원으로 주식회사 호남평론사를 창립했다. 곧이어 사장 김철진, 전무 정찬민, 상무 나만성으로 운영진을 개편하고, 편집국원도 주간 김철진, 편집장 나만성,[30] 지방부장 김상수, 기자 임병남, 동부특파원 김우성 등으로 재구성했다. 1937년 3월에는 지사를 광주, 영광, 여수, 나주, 영암, 완도까지 확충하였다. 1937년 8월호 이후엔 구할 수 없는 것으로 보아 일제의 언론탄압으로 인해 폐간된 것으로 보인다. 그렇게 보면 『호남평론』의 존속 기간은 2년 4개월이다.

전술한 바대로, 비록 짧은 기간이었지만 『호남평론』이 문예란을 통해 초창기 목포문학에 미친 영향은 대단했다. 당시 목포를 대표하는 여성작가였던 박화성을 비롯하여 이무영, 방인근과 같은 유명 문인들과 목포권의 문학 동호인들이 이 잡지를 통해 왕성한 작품 활동을 보

---

30 그러나 편집장 나만성은 난치병으로 같은 해 5월 사임한 후 6월 8일 7시에 별세했다.

여주었다. 2년 4개월 동안 『호남평론』에 발표된 장르별 작가 수를 보면 시 분야에서 53명, 소설 분야에서 17명, 수필 분야에서 22명, 시조(민요, 한시 포함) 분야에서 14명, 희곡 분야에서 10명, 비평 분야에서 3명, 아동문학 분야에서 2명 등이다.

『호남평론』에 나타난 특징을 몇 가지로 간추리면 다음과 같다. 첫째, 시와 수필 등 여러 장르를 함께 쓰는 작가가 상당수였으며, 시대적 상황 탓인지 가명이나 필명으로 발표하는 경향이 두드러졌다. 예컨대, 이근화의 경우 '북초(北草)'라는 필명과 함께 시와 시조, 수필 분야에서 가장 왕성한 활동을 하고 있었고, 나천수는 시와 수필에서, 박덕상은 시와 소설에서, 최승년은 시, 수필, 소설에서, 오성덕은 시와 수필에서, 나만성은 소설과 희곡에서, 오병남은 수필과 동요에서, 무두인은 시와 희곡에서 각각 활동하고 있었다. 둘째, 시의 경우 로컬리티(향토성)를 드러내는 소재가 많았다. 이를테면, 「목포찬가」, 「목포 해안의 아츰」, 「황혼의 용당리」, 「영산강 타령」, 「달성사 종소리」, 「포구의 황혼」 등이다. 셋째, 소설 명칭이 다양했다. 단편, 중편소설이라는 명칭은 원고량에 따른 일반적인 분류라 치더라도 애정소설, 대중소설, 가정소설, 탐정소설 등 작품의 성격에 따라 분류하기도 하고, 심지어 번안소설도 등장하고 있다. 희곡 또한 1막 희극, 라디오 드라마, 발성영화 각본 등 다양했다. 넷째, 비평 분야가 상대적으로 취약했다. 『호남평론』에 본격적인 비평이 등장한 것은 1936년 11월호부터이다. 장효근의 「문예와 인생」, 이석의 「학예 문화 옹호의 자유사상론」, 김인화의 「문학의 감동성」, 박병선의 「시인 제씨에게 일언, 대중이 요구하는 작품을!」, 김인달의 「연극의 민중예술성」, 남춘의 「문학

방법론」 정도였다.

4) 주요 문인 활동

『호남평론』에 2회 이상 작품을 발표한 1930년대 문인 명단을 장르별로 열거하면 다음과 같다.[31] 그러나 이들 대부분은 공식적인 등단 절차를 거친 문인이 아니라 문학 동호인에 가까웠으며, 작품 수준 또한 그러했다고 볼 수 있다. 따라서 1920년대 김우진처럼 1930년대 목포 문단에서 공식적인 등단과정을 거쳐 전국적인 문인으로 활동한 이는 박화성뿐이라고 할 수 있다.

① 시-이근화(필명 이북초), 무두인(無頭人), 나천수, 김중복, 최승년, 이중호, 노변, 천남선 , 동인(同人), 오성덕, 박찬일 ② 소설-최춘열(필명 光山新月), 박덕상, 채규호, 나만성, 이종명, 문이석, 남경전, 윤준희 ③ 수필-나천수, 이근화, 박덕상, 김철진, 최승년, 오성덕, 항인, DK생, 이일공 ④ 희곡-서광제, 나만성 ⑤ 시조-이근화 ⑥ 동요-오병남

---

31 이들 문인들은 목포에 거주하는 사람들이 중심이지만, 목포 이외에 거주하는 사람들도 포함되어 있는 것으로 보인다. 왜냐하면 『호남평론』은 목포뿐만 아니라 여러 지사를 두고 있었기 때문이다.

3. 1940년대-암중모색과 『예술문화』

1) 개관

한국문학사에서 1940년대를 문화의 암흑기로 보는 것처럼 목포문학도 암흑기에 해당한다고 할 수 있다. 따라서 해방 직전인 1944년까지 발표된 작품이나 문단 활동에 대한 구체적인 기록물이 전무하다. 그러나 36년 동안의 일제강점기가 막을 내린 1945년 8.15 해방과 더불어 절필했던 박화성이 목포 세한루에 상주하면서 작품 활동을 재개하고, 같은 해 문예지 『예술문화』와 『보국문학』이 창간된 것은 그나마 다행이었다.

시대상을 구체적으로 살펴보면, 당시 목포는 문학을 하기엔 여러 가지 측면에서 어려운 상황에 직면해 있었다. 호남 서남부의 중심도시, 특히 영산강 유역을 따라 전개되는 나주평야의 쌀과 면화를 수집하여 일본으로 반출하고 일본의 공업제품을 가지고 들어오는 거점 항구도시인 목포에 있어서 해방은 사회·경제·문화 전반에 걸쳐 기존 네트워크의 단절을 의미하였다. 그만큼 목포와 인근 지역은 새로운 도시로 거듭 태어나야 할 운명에 놓여 있었던 것이다.[32]

해방 이후 목포사회도 상당한 격동을 겪었다. 우선 인구 면에서 보면 전체인구 약 8만 명 가운데 약 1만 명을 차지하던 일본인들이 해방 후 3개월 이내에 대부분 일본으로 철수하였다. 반면 일본·중국·남양

---

32 「현대의 목포-개관편」, 『목포 개항 백년사』, 목포백년회 편, 1997 참조.

군도 등지에 징병·징용으로 끌려갔던 청장년들이 귀국하였고, 만주로 농업이민을 갔다가 귀향한 이들도 수만 명에 달하였다. 아울러 북한에서 월남한 이들도 1천여 명이나 되었다. 또 해방 이후 빈곤한 인근 농촌과 도서지방에서 도시로 이동한 인구도 상당수였다. 이리하여 목포의 인구는 1949년 9월 기준 약 12만 명에 달하였다. 이는 해방 전에 비하여 약 4만 명 증가한 것이었다.[33]

2) 주요 문인 활동

(1) 박화성-세한루에서 젊은 문학도 양성

1937년 이후 절필에 들어갔던 박화성은 광복이 되자 1946년 『민성』에 단편 「봄 안개」를 발표하면서 왕성한 작품 활동을 재개하였다. 1947년엔 조선문학가동맹 목포지부장에 피선되었으며, 첫 단편집 『고향 없는 사람들』 출판기념회를 당시 요정으로 유명했던 '국취관'에서 성대하게 열었다. 목포에서 처음 열리는 출판기념회였다. 이를 계기로 그녀의 집필실인 용당동 '세한루'[34]는 목포문학인들의 사랑방이 되었고, 젊은 문학도를 양성하는 교습소 역할을 하였다.[35] 1948

---

33 위의 책.

34 현주소가 전남 목포시 동목포길 49번길인 이곳은 도로가 놓이면서 헐렸는데, 목포시가 2013년 10월 17일 '세한루 소공원'으로 조성·복원했다. 공원 안에는 세한루 정자, 박화성 흉상, 문학비 등이 세워져 있다. 세한루 안내 비문에는 이곳에서 박화성이 1938년부터 1962년까지 집필생활을 했다고 되어 있으나, 실제로는 서울 인의동으로 이주한 1957년까지가 맞는 것으로 판단된다.

35 이 무렵 문학동우회를 결성하여 『밀물』이라는 동인지까지 발간하려고 했지만, 문인들이 뿔뿔이 흩어져 끝내 못하고 말았다고 한다. 당시 세한루를 드나들던 사람은 수필가

년엔 단편 「광풍 속에서」를 발표했고, 1955~56년 장편 『고개를 넘으면』, 1956~57년 장편 『사랑』, 1957~58년 장편 『벼랑에 피는 꽃』, 1958~59년 장편 『바람뉘』 등 신문 연재소설을 연속으로 발표했다. 그러나 이 시기(후기) 그녀의 작품세계는 광복 이전(전기)의 그것과 너무나도 달랐다. 주로 서민들의 세대의식이나 남녀 간의 애정문제 등을 다룬 신문 연재소설에 집중했던 그녀의 작품세계는 이미 대중성으로 기울어 있었다.

(2) 이가형 – 한국 추리문학의 기수

이가형(李佳炯, 1921~2001)은 전남 목포시 죽동에서 태어났다. 1942년 일본 구마모토(熊本)고등학교를 졸업하고, 도쿄제국대학 문학부로 진학했다. 1944년 대학 재학 중 일제의 학도병으로 징집돼 전쟁에 나갔고, 1945년 연합군 포로로 싱가포르 포로수용소에서 생활하다가 귀국했다. 1946년 목포고등학교 교사로 근무할 무렵 목포 문단에서 활동하다가 1953년부터 전남대학교의 전임강사가 되면서 광주로 이주했다. 그 이후 상경하여 중앙대학교와 국민대학교의 영문학과 교수를 지냈다. 1979년부터 1990년까지 추리작가협회 회장을 지내면서 한국 추리문학의 발전에 기여했다.

1949년 『호남공론』에 소설 「마지막 밤의 대화」를 발표하면서 창작

조희관, 시를 쓰는 습작생 심인섭·박정온·전승묵·정기영, 소설 습작생 박상권·정철·백두성, 평론 지망생 이가형·차재석, 희곡 지망생 박경창, 그리고 연희전문에 다니는 차범석, 목포고 재학생 정규남 등이었다고 한다(정태영, 『박화성과 이난영 그들의 사랑과 이즘』, 뉴스투데이, 2009, 87쪽 참조).

활동을 시작하였다. 1993년에는 일제의 학도병 징집과 포로수용소의 경험을 토대로 쓴 장편 자전소설『분노의 강, 나의 버마전쟁』을 한국어와 일본어판으로 동시 출간했다. 그밖에 단편소설로「귀항로」(1951),「36계」(1951) 등이 있는데, 모두 목포에 살 때 발표한 작품이다. 더불어 영미문학의 번역 소개 작업도 활발하게 전개했다. 1972년 번역문학상과 1978년 국민훈장모란장을 수상했다.

3) 주요 문학 활동

(1)『예술문화』·『보국문학』 발간

『예술문화』는 1945년 해방 직후 1930년대『호남평론』에 작품을 발표했던 동경 유학생 홍순태, 박문석, 박경창, 장병준, 백두성 등이 문화예술운동 재개의 중요성을 공감한 목포의 유지 차남진, 천독근, 김철진 등의 도움을 받아 발간한 문예종합지이다. 1930년대를 보내고 최초로 발간한 잡지라는 점에서 의미가 있다. 1933년 일제의 검열에 걸려 발표하지 못했던 박화성의 소설「헐어진 청년회관」이 여기에 실렸으며, 당시 목포에서 열심히 연극 활동을 하던 박경창이 이를 통해 등단하기도 했다. 이 예술종합지는 해방 후 목포의 문학적 기반을 다지는 초석이 되었다. 이동주, 이화삼, 엄심호, 정철, 오억, 심인섭, 장병준, 박기동, 강지순, 김석주, 이해동, 조희관 등이 필진으로 참여하였다. 이들은 한국문화단체총연합회가 발족한 1947년 봄에『예술문화』의 발행처를 광주로 옮겨 제2권 5호까지 냈다.『예술문화』는 전남에서는 가장 오래된 문예지로 평가받았다.[36]

『보국문학』은 1946년 조희관, 차재석, 박기동, 박진철 등이 모여 발간한 문예지이다. 주로 박화성, 이동주, 이가형, 박기동, 나천수, 박종옥, 오성덕, 심인섭, 정철, 홍순태, 박문석, 박경창, 장병준, 백두성, 서광호, 김일로, 최기영, 심응섭, 박동화, 강원순, 이영해, 문일석 등이 이를 통해 작품을 발표하였다.

4) 활동 문인

박화성, 조희관, 홍순태, 박문석, 박경창, 장병준, 백두성, 차재석, 박기동, 박진철, 이동주, 이가형, 이화삼, 엄심호, 정철, 오억, 박기동, 강지순, 김석주, 이해동, 나천수, 박종옥, 오성덕, 심인섭, 서광호, 김일로, 최기영, 심응섭, 박동화, 강원순, 이영해, 문일석 등.[37]

4. 1950년대 – 『시정신』의 탄생과 피난민 문학

1) 개관

동족상잔의 비극이 일어났던 1950년대는 전쟁의 참화와 상처에도 불구하고 암흑기를 견딘 목포문학이 다시 싹을 틔우고 자생적인 뿌리

---

36 「전남의 수필문학」, 목포여자고등학교 총동문회 카페(http://i1.daumcdn.net/cafeimg/cf_img2/img_blank2.gif) 참조.
37 이들 중 공식적으로 등단 절차를 거친 문인은 박화성, 이동주, 박경창뿐이었다.

를 내린 정착기에 해당한다고 할 수 있다. 1951년 9.28 서울수복이 되자 해군 목포경비부가 정훈사업의 일환으로 월간지 『갈매기』와 주간지 『전우』를 창간하여 문인들에게 작품 발표의 장을 마련해주었다. 이를 발판으로 1950년대부터 잠복해 있던 목포의 젊은 문학인들이 우후죽순처럼 문단에 대거 진출하게 된다. 이 시기에 중앙일간지 신춘문예로 등단한 문인만도 9명이나 되었다. 이는 당시 한국문단 전체가 극심한 혼란에다 비극적 시대상황까지 맞물려 이렇다 할 문학적 성과를 내지 못했던 것과는 사뭇 대조적인 양상이라고 아니할 수 없다. 아무리 문학이 어려운 시대일수록 응전력을 발휘한다고는 하지만, 혼란과 비극으로 점철된 이 시기에 거둔 목포문학의 성과는 매우 이례적이라고 할 만한 것이었다.

이를 가능하게 했던 원인은 무엇보다도 외부로부터 유입된 피난 문인들의 목포 문단 합류와 문학적 중심축 역할을 했던 조희관·차재석·박화성 등의 헌신과 봉사에서 찾을 수 있다고 본다. 그리고 다른 지방도시와 차원을 달리하는 출판문화가 일찍부터 발달한 것도 한몫했다고 할 수 있다.[38] 이러한 요인들은 목포문학이 1960년대의 전성기를 구가하는 밑거름이 되었다.

게다가 1950년 6.25 발발 이후엔 목포가 한반도의 끄트머리에 위치해 있어서 전쟁의 참화를 피하기에 상대적으로 안전하다고 판단했던지 광주, 영광, 해남, 진도 등 인근 지역과 이북에서 피난 온 문인들이 대거 목포로 유입되었는데, 바로 이들이 경제·사회적으로 불리한

---

38 김선태, 「목포권 문학의 어제와 오늘–목포문학의 실태와 발전방안을 중심으로」, 『도서문화』 37호, 목포대학교 도서문화연구소, 2011, 32~34쪽 참조.

여건 속에서도 목포문학을 정착시키고 살을 찌우는 데 긍정적인 힘으로 작용했던 것이다. 따라서 이 시기의 목포 문단은 피난 문인들이 합세하여 형성한 문단이라고 해도 과언이 아닐 것이다. 특히 이 시기에 소설가 최인훈과 김은국이 월남하여 목포고등학교를 다녔다. 그러나 경제적으로 목포는 극심한 침체를 겪었던 시기이기도 하다. 그 단적인 예로 목포항의 하역능력은 해방 직후 30만 톤에서 한국전쟁 직후 15만 톤으로 감소하였으며, 1960년에 이르러서야 해방 직후의 하역능력을 되찾을 수 있었다.[39]

2) 주요 문인 활동

(1) 조희관 – 전후 황폐한 목포 문단의 새바람

영광의 교육자이자 언론인인 조희관(曺喜灌, 1905~1958)이 1946년 목포상업학교 교감으로 부임하면서 위축되어 있던 목포의 예술 문화가 깨어나기 시작했다. 해방 직후에 『예술문화』와 『보국문학』의 발간에 참여했으며, 6.25 직후엔 항도여중 교장 직을 그만두고 차재석과 함께 항도출판사 사장을 맡아 당시 목포의 출판문화를 주도했고, 문예지 『전우』, 『갈매기』 등의 주간을 맡아 목포문인들의 다양한 작품 활동을 지원하였다. 1956년에는 목포문화협회(현 목포예총)를 조직하는 데 중요한 역할을 담당했으며, 박화성의 소설집 『고개를 넘으면』의 출판기념회를 주선하기도 했다. 이렇듯 그는 해방 공간과 전후 황

---

39 목포백년회 편, 『목포 개항 백년사』, 1997 참조.

폐한 목포 예술 문화의 새바람을 일으키는 산파역을 맡았다.

목포로 이주하면서부터 수필을 쓰기 시작한 그는 등단과정 없이 문학에 입문한 자족적인 향토문인의 전형이었다. 살아생전 『철없는 사람』, 『다도해의 달』, 『새날이 올 때』 같은 수필집을 출간했다. 그의 수필의 특징은 한글과 순우리말로 이루어진 유려한 문장에 있다. 영광에서부터 각별한 문우였던 박화성에 따르면 그는 "주옥같은 문장을 누에가 비단실 토해내듯이 뽑아내던 뛰어난 수필가"[40]였다. 김지하는 회고록 『모로 누운 돌부처』에서 "우리의 토박이말과 미묘한 전라도 사투리의 매력을 처음 깨달은 것은 조희관 선생의 그 무렵의 수필집 '철없는 사람'에서였다."[41]고 술회하고 있다. 그러나 활동에 비해 문학적으로 널리 인정을 받지 못했고, 가난으로 인해 일찍 유명을 달리했다는 점에서 그는 '불행한 문학인'으로 기억되고 있다.

또한 그는 한글에 대한 남다른 사랑을 지닌 교육가였다. 그의 교육에 대한 열정은 항도여중 교장으로 전임하면서 빛났다. 부임과 동시에 한자로 된 학교 간판을 한글로 고치고 "한 송이 들꽃을 보라/남을 시새워 하지 아니하고/힘껏 제 빛을 나타내나니"라는 교훈을 손수 지어 걸은 일은 아직도 목포지역 교육계에서 유명한 일화로 회자되고 있다. 목포여고, 목포유달중, 목포해양고등학교(현 목포해양대학교) 등 교가를 한글로 작사했으며, 학생들에게 우리말의 아름다움과 특이함을 일상용어에서 찾아내고 어원을 밝혀 나가는 작업에 관심을 기울였다. 그리고 「부용산 오리길」을 작사한 박기동과 작곡한 안성현 같은

---

40 박화성, 「나의 교유록」, 『동아일보』, 1981.1.5.~2.28.
41 김지하, 『모로 누운 돌부처』, 도서출판 나남, 1992.

유능한 예술인을 길러내는 데도 힘썼다.

하지만 안타깝게도 그는 1958년 53세라는 이른 나이에 세상을 떠났다. 전라남도문화상과 제1회 목포시 문화상을 수상했으며, 1983년 작고한 그를 기리는 '소청문학상'이 제정됐다. 그러나 재정문제 때문에 1994년 제12회 시상을 끝으로 중단됐다.

(2) 차범석 - 한국 사실주의 연극의 완성자

차범석(車凡錫, 1924~2006)은 연희전문학교(현 연세대학교)를 다니다가 6.25전쟁이 발발하자 목포로 피난온 뒤 목포중학교 교사로 근무하던 1955년 『조선일보』 신춘문예에 희곡 〈밀주〉가 가작, 1956년 『조선일보』 신춘문예에 희곡 〈귀향〉이 당신되어 극작가로 등단했다.[42] 목포 문단에선 김우진 이후 두 번째 극작가가 탄생한 것이다. 그러나 이후 상경하여 활동함으로써 목포 문단과는 그리 오랜 인연을 맺지 못했다.

20대에는 6.25전쟁을 겪은 전후문학세대로서 사회현실에 대한 풍자와 비판의식이 강한 작품을 주로 발표했다. 특히 전쟁의 상처로 절망 속에 살아가는 인간상을 그린 〈불모지〉(1957)와 이념의 허구성과 인간의 본능적 욕구를 사실적으로 그려낸 〈산불〉(1962)은 6.25의 비극을 부각시키고 반전의식을 일깨운 전후문학의 대표작으로 평가된다. 대표 희곡집으로 『껍질이 깨지는 아픔 없이는』(1961), 『대리인』(1969), 『환상여행』(1975), 『학이여 사랑일레라』(1982), 『식민지의 아

---

42 그보다 앞서 차범석은 1951년 1월 27일 '전국문화단체총연합회 목포지부'가 발족하자 목포문화협회 주최 예술제에서 2막극 〈별은 밤마다〉를 상연함으로써 실질적인 처녀작을 발표하기도 했다.

침』(1991), 『통곡의 땅』(2000), 『옥단어』 등과 연극이론서 『동시대의 연극인식』(1987)이 있다. 이밖에 수필집 『거부하는 몸짓으로 사랑했노라』(1984), 『예술가의 삶』(1993), 『목포행 완행열차의 추억』(1994)과 자서전 『떠도는 산하』(1998)가 있다. 이들 중 『학이여 사랑일레라』와 『옥단어!』는 목포를 배경으로 한 작품이다. 특히 『옥단어!』는 일제 말에서 해방 정국에 이르는 시기에 목포의 4대 명물[43] 중 하나였던 '옥단'을 중심으로 급박한 근대사를 살아갔던 민초들의 애환을 소개한 그의 마지막 작품이다.

(3) 최일수 – 민족문학론을 펼친 문학평론가

최일수(崔一秀, 1924~1995)는 목포에서 태어나 목포상업학교를 중퇴하고 전문학교 입학자격 검정고시에 합격한 이후 줄곧 목포에서 문학 습작에 전념하다가 상경하여 국도신문사·조선일보사·서울신문사 등에서 기자 활동을 펼친 문학평론가이자 언론인이다. 목포 출신으로선 최초의 평론가이지만 1950년대 중반 이후 줄곧 서울에서 활동한 관계로 잘 알려져 있지 않다.

1955년 『조선일보』 신춘문예 평론 부문에 「현대문학과 민족의식」이 당선되면서부터 본격적인 평론 활동을 시작하였다. 이후에도 「분단의 문학」(1968), 「전통주의와 세계주의」(1969), 「민족문학과 통일」(1972), 「식민지시대의 민족문학」(1981), 「민족문학론」(1981), 「민족문학과 상황의식」(1985) 등 문학평론을 발표하며 주목을 받았다. 그는

---

43 ① 역전의 멜라콩, ② 평화극장 외팔이, ③ 대성동 쥐약장수, ④ 물장수 옥단이를 목포의 4대 명물이라고 부른다.

이를 통하여 민족문학의 원론적 모색뿐 아니라 과거 우리 문학의 민족문학적 전통에 대한 탐구, 새로운 민족문학의 모색에 대한 끊임없는 관심을 보여주었다.

1980년 이후 한국문학평론가협회 회장(1980~1984)을 역임하였고, 타계하기까지 예술평론가협회 회장으로 활동하였다. 1956년 제12회 현대문학상과 1993년 자유문학상을 수상하였다.[44]

(4) 차재석 – 목포예총의 터줏대감

차재석(車載錫, 1926~1983)은 조희관과 함께 1950~70년대 목포 문단을 주도적으로 이끈 문인이다. 그는 「삼학도로 가는 길」, 「악인의 매력」 등을 쓴 수필가이지만, 문학창작보다는 평생을 목포의 문화예술을 소개하고, 귀찮은 일을 도맡아하며, 후배 문학인들을 지원하는 후견인으로서의 삶을 살았다. 그래서 그를 기억하는 목포의 예술인들은 서슴없이 '목포예총의 터줏대감'으로 부른다. 따라서 그의 문단활동은 '예향 목포의 산파'였던 선배 수필가 조희관과 겹친다. 그만큼 그들은 명콤비였다. 소설가 백두성은 "소청 조희관 선생과 다목동 차재석 선생이 서로 만났기에 더욱 목포예술에 빛을 남기게 된 것"이라고 술회하였다. 그는 6·25 직후 형 차범석과 함께 서울에서 귀향하여 항도출판사를 차리고, 조희관을 사장으로 모시면서 자신은 편집장을 맡았다. 목포여중 앞에 있었던 항도출판사는 비록 시설은 허름하였지만 목포문화예술의 산실이었다. 목포의 모든 문예지와 단행본을 도맡

---

44 「최일수」, 『한국민족문화대백과』, 한국학중앙연구원, 1991.

아 출판했다. 당시 대다수 문학지망생들이 이곳을 거쳐나갔다. 월간지 『갈매기』와 주간지 『전우』 등을 통해 목포문인들의 다양한 작품활동을 지원하고 문예활동을 주도하기도 했다.

1956년 어려운 살림살이를 쪼개 서정주, 이동주 등과 함께 시 전문 문예지 『시정신』 창간을 주도한 것은 그의 가장 빛나는 업적으로 평가된다. 또한 1958년에는 남농 허건. 소청 조희관과 함께 목포문화협회(현 목포예총) 창립을 주도했으며, 1960년 『목포문학』(현 목포문인협회 기관지) 창간도 주도했다. 1969년 제3대 한국예총 목포지부장을 역임했다.

(5) 권일송 - 50~60년대 목포 시단 주도

권일송(權逸松, 1933~1995)은 전라북도 순창에서 출생하여 광주고등학교와 전남대학교 공과대학을 졸업하였다. 1956년 목포 영흥고등학교에서 교편을 잡으면서 1950~60년대 목포 시단을 주도하였다. 영흥고에 재직 중이던 1957년 『한국일보』 신춘문예에 「불면의 흉장」이, 『동아일보』 신춘문예에

권일송 시인

「강변 이야기」가 동시에 당선되어 문단의 주목을 받았다. 1959년 목포 문태고등학교 교사로 부임하면서 목포 지역 고등학생을 대상으로 문예반을 결성하여 목포문학 활성화에 기여하였다. 1965년 『주간 한국』에 장편 서사시 「미처 못다 부른 노래」를 25회 연재하기도 했다. 1970년 목포 생활을 마무리하는 '유달산이여 안녕'이라는 주제로 고별 시화전을 개최하고 1970년 10월 서울로 이주하였다. 황명(黃命),

윤삼하(尹三夏), 강인섭(姜仁燮), 박봉우(朴鳳宇) 등 신춘문예 출신 시인들과 '신춘시' 동인으로 활동했다. 1982년 한국경제신문 논설위원과 1994년 한국현대시인협회 회장을 지냈다.

1966년에 인구에 회자됐던 첫 시집『이 땅은 나를 술 마시게 한다』,『도시의 화전민』(1969),『바다의 여자』(1982),『바람과 눈물 사이』(1987),『비비추의 사랑』(1988) 등을 펴냈다. 1983년 제1회 소청문학상, 1985년 제8회 현대시인상을 수상하였다.

(6) 한국의 대표적 휴머니즘 소설가 - 천승세

천승세 소설가

천승세(千承世, 1939~)는 1939년 목포 용낭동에서 박화성의 둘째 아들로 태어났다. 1956년 목포고등학교를 거쳐 1961년 성균관대학교 국문과를 졸업했다. 대학 재학 중이던 1958년『동아일보』신춘문예에 소설「점례와 소」가 당선되었고, 1964년『경향신문』신춘문예에 희곡〈물꼬〉와 국립극장 현상문예에 희곡〈만선〉이 각각 당선되어 문단에 나왔다.

형인 천승준은 문학평론가이고, 동생인 천승걸은 전 서울대학교 영문과 교수로서 3형제가 모두 문학을 전공했다. 성균관대학교 국문과를 졸업하고 신태양사 기자, 문화방송 전속작가, 한국일보 기자, 제일문화흥업 상임작가, 한국문인협회 소설분과 이사를 지냈다.

주요 작품에「내일」(1958),「견족(犬族)」(1959),「예비역」(1959),「포대령」(1968) 등이 있다. 단편소설집에『감루연습(感淚演習)』(1978),『황구의 비명』(1975), 『신궁』(1977), 『혜자의 눈꽃』(1978) 등이 있고, 중편 소설집으로 『낙월도』(1972), 장편소설집으로 『낙과(落果)를 줍는 기린』(1978), 『깡돌이의 서울』(1973)이 있다.

소설가이자 극작가인 천승세의 작품들은 대부분 휴머니즘에 입각하여 인정에 바탕을 둔 인간 사회의 비정한 세계를 추구해온 것으로 알려져 있다. 어민들의 만선에 대한 집념과 좌절을 그린 그의 대표 희곡 〈만선〉은 비록 작품의 직접적인 무대가 어디라고 명시되어 있지는 않지만, 억센 전라도 사투리로 일관된 대사를 통해서 친근함과 향토적 정서를 불러일으키고 있다는 점에서 목포를 배경으로 한 작품이라고 보아도 무방하다고 할 수 있다.

한국일보사 제정 제1회 한국연극영화예술상을 수상했으며, 창작과 비평사에서 주관하는 제2회 만해문학상, 성옥문화상 예술부문 대상을 각각 수상하였다. 1990년대 말에 고향 목포에 내려와 말년을 보내다가 2015년 강화도로 돌아갔다.

3) 주요 문학 활동

(1) 월간지 『갈매기』와 주간지 『전우』 발간

1951년 9.28 서울 수복에 맞춰 해군 목포경비부가 정훈사업의 일환으로 발간한 문예지들이다. 이들 잡지는 당시 목포와 광주 등지에 피난 온 문인들의 작품 발표 무대이기도 했다는 점에서 특별한 의미가 있다. 이 두 잡지의 공동 편집위원으로 조희관, 차재석, 이가형, 장병준, 백상건, 이진모, 장덕, 김장한이 참여하였으며, 『갈매기』는 김평옥이 주간을, 『전우』는 조희관과 차재석이 공동주간을 맡았다.

『갈매기』는 비록 지령 4호로 중단되었지만 6.25 이후 한국의 출판계를 통틀어 최초의 월간지로 기록되었을 뿐만 아니라 목포 문단의 바탕을 세우고 정착시키는 데 지대한 공헌을 하였다. 타블로이드판으로 발간된 1951년 2월 1일자 창간호의 필진을 보면 김현승, 조희관, 목일신, 이수복, 박흡, 이석봉, 박순자, 임성순, 장병준(이상 시), 이가형, 김해석(이상 소설), 차범석(희곡) 등이며, 정소파, 이영식, 이을호, 허건, 김평옥, 홍순태, 손철, 김방한, 이동주, 전병순, 김승한, 승지행, 임병주, 조영암, 박계주, 김송, 공중인, 국승돈, 이금남 등 주로 피난살이하는 문인들이 대거 작품을 발표하였다.

항도출판사에서 발간한 주간지 『선우』는 16절판 20여 페이지에 시, 꽁트, 수필, 희곡 등과 목포 시내 중·고생들의 작품까지 실었다. 당시 항도출판사는 목포문화의 산실과 같은 구실을 하였다. 대부분의 목포 출신 문학도들이 이곳을 드나들며 문학적 자양분을 얻었다.

(2) 목포 최초 시 전문 문예지 『시정신』 탄생

1951년 6월 1일자로 창간한 광주의 종합문예지 『신문학』에 이어 1952년 9월 5일 한반도의 끄트머리인 목포에서도 한국문단이 깜짝 놀랄 만한 문예지가 탄생하였다. 차재석이 주도한 시 전문 문예지 『시정신』(항도출판사에서 500부 한정판으로 발간)이다. 창간호의 편집인은 차재석 1인 체제였다. 그러나 2호부터는 광주의 김현승과 이동주를 끌어들여 3인 공동 편집인 체제를 유지하였다. 여기에 미당 서정주까지 가담하였다.

창간호 필진을 보면 이병기, 신석정, 박용철, 서정주, 김현승, 박흡, 이동주 등 명실공히 당시 한국을 대표하는 시인들이 총집결하였다. 게다가 제자(題字)는 손재형, 표지화는 배동신, 판화는 천병근 등 한국화단의 거목들의 작품들로 장식한 화려한 외양은 문학에 미술을 접맥시킨 성격을 지니고 있었다. 이 화가들의 참여는 차재석의 의도대로 "'엘리

시 전문 문예지 『시정신』 창간호

어트'와 '달리'의 시화집이라든가, '쟝 콕토'와 '피카소'의 시화집"[45]을 탄생시킨 것이다. 그럼에도 불구하고 『시정신』은 의도대로 발행되지 못했다. 창간호에서 차재석은 계간지를 표방하였으나 이후 2집을 발간하기까지 1년 9개월, 2집 발행 이후 3집 발행까지 1년, 3집 이후 4집 발행까지도 1년 4개월이 걸렸다. 계간지로 발행할 예정이었던 『시정신』이 연간지가 되고 만 셈이다. 그것도 1집부터 4집까지는 안정적으로 발간되었지만, 4집에서 5집을 발간하기까지는 10년이나 걸렸다. 결국 5집을 끝으로 종간되고 말았는데, 이는 아마도 재정난 때

---

45 차재석은 창간호에서 다음과 같이 창간 동기를 밝히고 있다. "1952년 봄 어느 날 영감이 떠오르듯이 멋진 시집을 만들어 봐야겠다고 마음먹었습니다. 이를테면 '엘리어트'와 '달리'의 시화집이라든가, '쟝 콕토'와 '피카소'의 시화집처럼 시가 앞서 좋아야겠지마는 시집의 꾸밈새에 있어서도 멋이 잘잘 흐르면서 품위를 잃지 않는 그런 시집, 우리나라에서 일찍이 없었던 호화판 시화집을 펴보기로 했습니다. 먼저 이동주 씨와 상의해서 서정주 선생과 함께 셋이서 편집을 맡아 보기로 하고 배동신 씨에게 표지 그림을 부탁했습니다. 이 구상은 바로 공감을 얻어 출범하게 되었습니다."

문이었던 것으로 추측된다. 그러나 『시정신』이 목포문학사에서는 물론 한국문학사에 기여한 바는 매우 컸다. 시 전문지가 전무했던 시절 시 전문지로서 역할을 충분히 하였다는 점, 호남 지역이 시문학의 고장이 되는 발판을 마련한 점, 지역에서 발행한 잡지였지만 전국적인 시 전문지였다는 점, 그리고 멋진 시화집으로 또 하나의 회화를 탄생시켰다는 점이 그것이다.[46]

　창간호에는 호남 시인들의 작품만 실려 있는 것이 특징이다. 그러니까 처음엔 호남의 문예지를 지향했던 것으로 보인다. 특히 이동주는 창간호에 시 6편과 산문 1편을 발표한 것을 비롯하여 모든 권수에 작품을 발표하였다. 김현승은 시 4편을, 박봉우, 박성룡, 박흡 역시 시 4편을 각각 발표하였다. 서정주와 신석정은 각각 3편, 가람 이병기도 2편을 발표하였는데, 이들은 모두 호남 지역 시인들이었다. 박용철의 미발표 유고작품 「미인」[47]을 실은 것은 광주 송정리의 박용철이 강진 김영랑과 더불어 1930년대 초 순수시 운동을 벌인 시 동인지 『시문학』 창간을 주도한 주역이었기 때문이다. 차재석 등 편집진이 용아 박용철의 묘지를 참배한 다음 시 전문지를 창간하자고 의기투합한 것도 1930년대 시단을 주도했던 '시문학파'의 뜻을 계승하고자 하는 의지였다는 것을 쉽게 짐작할 수 있다.[48] 그러나 2호부터는 타 지역의 시인

---

46 이동순, 「한국시단의 등뼈 同人/신문학·시정신」(http://cafe.daum.net/youngsangangcafe)
47 가느다란 허리 맵시 닐기도 어련드시/바람에 날리는가 한들거래 거니는고/발자최 꽃 뿌리엇는가 향기난 듯 하여라//눈에서 흐르는건 맘 녹이는 그 무어시/꿀부어 흐릌드시 비단치마 주름쌀이/넓보아 절머진 맘이니 기리끄치 잇스랴(박용철, 「美人」 전문)
48 앞의 글.

들을 대거 포함시키면서 전국적인 시 전문 문예지를 지향하게 된다.[49]

(3) '목포문화협회'와 '목포문학회' 창립

1958년 9월 15일 목포방송국 공보관에서 재목 예술동인 50여 명이 참석하여 '목포문화협회'(현 목포예총) 창립총회를 개최하였다. 초대 회장에 남농 허건을 추대하고, 문학 분야에서는 김일로가 부회장, 차재석이 간사장, 백두성·권일송이 문학부문 간사를 맡았다. 이어 9월 20일에는 '목포문학회'(현 목포문협)가 창립되어 초대 회장에 차재석, 부회장에 백두성, 간사에 전승묵, 김영복, 정규남, 정태정 등이 선출됨으로써 명실공히 조직적인 문단활동을 펼치게 됐다.

(4) 학생 문학 활동 활발

1952년부터는 목포 시내 각급 학교의 학생 문학동인회 활동이 그 어느 지역보다 활발했다. 목포여고의 「송사리」, 목포사범학교의 「해솔」, 「벌판」, 목포고의 「밀꽃」과 「보리수」, 문태고의 「바위」, 동광고(현 홍일고)의 「호박」, 목포상고의 「여울」 등에서 활동하는 예비 문인들

---

49 2호~5호의 필진을 소개하면 다음과 같다. 실로 전국 최고의 필진이었다. 유치환, 모윤숙, 박두진, 김현승, 김춘수, 이원섭, 이형기, 김윤성, 김구용, 서정주, 이동주, 김동리/제자-손재형, 표지화-김환기, 배면화-이준(이상 2호). 유치환, 서정주, 조지훈, 박남수, 김춘수, 조병화, 최재형, 김윤성, 박기원, 김용팔, 김구용, 장수철, 송욱, 박양균, 이형기, 박흡, 전봉건, 이원섭, 이동주/제자-손재형, 표지화-남관, 배화-유경채(이상 3호). 최남선, 이병기, 신석정, 유치환, 김현승, 정훈, 이설주, 은안기, 김상옥, 박양균, 김용팔, 박흡, 이수복, 허연, 이석봉, 박봉우, 박성룡, 이동주, 조희관/제자-손재형, 표지화-김환기, 판화-백홍기(이상 4호). 김구용, 신동집, 조병화, 박성룡, 박희진, 이성교, 황동규, 마종기, 김영태, 권일송, 고은, 김하림, 허영자, 정진규, 이승훈, 김화영 강호무, 최하림, 이동주/제자-손재형, 표지화-변종하(이상 5호).

이 마치 경쟁하듯 항구를 누볐고, 이들의 대표들이 모여 별도로「청도(靑濤)」동인회를 조직하여 활동하였다. 동인 명단을 보면, 김순광(목포사범학교), 신균준(영흥고), 이인택(한일은행), 이석운(목포고), 이광섭(목포상고), 박정환(문태고), 박준배(동광고), 최재환(목포상고), 이태웅·박영호(목포사범학교) 등이다.

1953년에도 박화성, 조희관, 김우정, 김일로, 전승묵, 권일송, 차범석, 백두성, 차재석, 박순범, 박정온 등 목포 거주 문인들의 활발한 문학 활동에 자극을 받은 예비 문인들이 동인회를 조직하여 활동하였다. 목포고의 정규남이 주도한「시와 산문」, 목포사범학교의 김영근이 주도한「벌판」·「별밭」, 목포여고의 김광자가 주도한「은원」등이 그것이다. 이에 비해 기성문인들로 구성된 동인회는 1955년 김우정, 이영식 등의「각서」, 1959년 김소남, 김희웅 등의「낙서」정도였다.[50]

(5) 소설가 김은국·최인훈 월남

비록 짧은 기간이지만, 이 시기에 목포에는 소설가 김은국과 최인훈이 월남하여 살고 있었다. 함경북도 회령 태생인 소설『광장』의 작가 최인훈은 1950년 6.25가 발발하자 친척이 있는 목포로 월남하여 목포고등학교를 다녔으며, 1959년『자유문학』으로 등단했다. 이에 앞서 소설『순교자』의 작가 함흥 태생 김은국도 1947년 북한정부가 수립되자 공산주의의 박해를 피해 월남하여 목포고등학교를 다녔다. 기독교를 믿는 그의 집안은 비록 연고는 없었지만 남쪽 끄트머리 항구

50「현대 목포의 문학–50년대의 문학」,『목포 개항 백년사』, 목포백년회 편, 1997 참조.

도시인 목포에 정착한 것으로 보인다. 이 두 사람은 목포고등학교 제5회 졸업생(동기동창)이다.

4) 등단 문인[51]

서근배(『문예』-소설), 정영래(『문학예술』-시), 윤종석(『국도신문』·『평화신문』·『조선일보』-시), 최일수(『조선일보』-문학평론), 차범석(『조선일보』-희곡), 이창렬(『한국일보』-소설), 박동화(『서울신문』-희곡), 권일송(『한국일보』·『동아일보』-시), 김재희(『문학예술』-시), 윤삼하(『조선일보』-시), 박훤(『전남일보』-시), 천승세(『현대문학』-소설), 최덕원(『시조문학』-시조), 정일진(『한국일보』-시), 박문재(『여수일보』-시), 최인훈(『자유문학』-소설), 백두성(『자유문학』-소설), 전승묵(『한국일보』-시) 등.

5. 1960년대 – 목포문학의 융성과 『산문시대』

1) 개관

1960년대 한국문학은 1950년대 한국문학을 계승·발전시켰다고 할 수 있다. 1960년 이후 한국문학사에 기록할 만한 작품을 남긴 작가들의 상당수가 이미 1950년대부터 혹은 그 이전부터 작품 활동을 계속

---

51 등단 문인은 1950년대 이후부터 소개한다. 해당 시기에 등단한 주요 문인 명단이기에 누락된 사람이 있을 수도 있음을 밝힌다.

해왔으며, 1960년대에 등단한 시인들의 작품에서도 1950년대의 문학적 특징이 그대로 남아있는 것을 보면 이를 확인할 수 있다. 1960년대 목포문학도 마찬가지다.

4.19 시민혁명과 5.16 군사쿠데타로 인한 정치·사회적 혼란, 산업화로 인한 경제구조 개편과 이촌향도현상으로 요약되는 1960년대에 이르러 목포는 도시의 인구 규모, 산업 시설, 도시주민의 생활 기반시설, 그리고 각종 교통망 등에서 전남지역 중심도시로서의 기능을 거의 상실하는 지경에 이르렀다.[52] 특히 항만의 기능 약화와 일제강점기 산업시설의 붕괴로 인해 전남지역 중에서도 경제적으로 소외되면서 시민들은 정치적으로 비판적 성향을 띠게 되었고 '야당도시'라는 꼬리표를 달게 된다.[53]

그러나 이러한 여러 가지 불리한 여건 속에서도 1960년대 목포문학은 1950년대 정착기를 바탕으로 삼아 전성기를 구가하게 된다(이를 보면 문학을 포함한 예술의 발달은 시대적 상황에 정비례하기보다 오히려 반비례하는 경우가 많다는 사실을 확인할 수 있다). 조희관의 사망과 피난 문인들의 이탈에도 불구하고 터줏대감인 차재석과 1950년대에 등단한 문인들이 상당수 건재한데다가, 김지하, 김현, 최하림 등 훗날 한국문단을 대표하는 기라성 같은 신인들이 대거 등장하게 된다. 이 무렵 목포의 오거리는 문인들의 아지트였다. EBS가 2004년부터 방영한 문화시리즈 첫 번째 '명동백작'의 촬영 배경이 서울의 명동과 목포의 오거리였던 점만 보아도 이 무렵 오거리를 중심으로 한 목포의 문학이 얼마나 융성

---

52 「개관: 현대의 목포」, 『목포 개항 백년사』, 목포백년회 편, 1997.
53 중국의 개방화가 본격화되는 1990년대 초반까지 목포는 지속적인 침체의 도시였다.

했던가를 짐작할 수 있다. 이 무렵 문학청년이었던 김지하, 김현, 최하림이 만나 매일 술잔을 쓰러뜨리며 치열하게 문학을 토론했던 곳이 오거리였고, 김현, 최하림, 김승옥 등이 한국 최초의 소설동인지『산문시대』창간을 논의했던 곳도 오거리이며, 차재석 등을 중심으로 한 목포의 문인들이 날마다 어울려 차를 마시거나 술을 마신 곳이 오거리의 다방과 술집이었다.

1960년대 목포문학은 시대적인 상황을 반영한 현실비판의 성향을 지닌 작품들이 늘고 질적으로 향상되었다는 평가를 받는다.『산문시대』이외에도 목포문인협회의 출범에 따른 기관지『목포문학』이 창간되고, 목포 최장수 시 동인지『흑조』를 비롯한『보름시대』·『해안선』·『목요회』·『목포교육』·『목문학』등 다양한 문학동인지가 쏟아져 나와 문학적 자웅을 겨루었던 것도 이 시기의 특징이다.

2) 주요 문인 활동

(1) 김현 - 한국 평론문학의 독보적 존재

김현(金炫, 1942~1990)은 1960년대 초반 김지하, 최하림 등과 함께 목포 오거리에서 문학적 감수성을 익혀나간 문학청년이었다. 1962년 서울대학교 불문학과 재학시절에『자유문학』에 문학평론「나르시스의 시론-시와 악의 문제」를 발표하며 등단함으로써 1960년대 목포 문단의 선두주자로 뛰쳐나갔다. 그는 주로 방학 때만 목포에 내려와 문인들과 어울렸는데, 1962년 여름 김승옥, 최하림 등과 함께 목포 오거리에서 동인회 '산문시대'를 결성하고 우리나라 최초의 소설동인지

『산문시대』를 창간·주도했다. 2호부터 강호무, 김산초, 김성일, 염무웅, 김치수, 서정인 등이 가세한 이 동인회는 서울로 옮겨가 1968년 이른바 4.19 세대가 대거 참여한 동인회 '68그룹' 결성과 1970년 가을 김현, 김병익, 김치수, 김주연 등이 창간한 문학 계간지『문학과지성』의 모태가 되었다. 이후 김현은『문학과지성』(약칭 '문지')의 문학적 이념과 편집·기획을 주도하면서 수많은 평론을 발표해 한국평론문학의 독보적인 존재로 군림하다가, 1990년 6월 48세라는 짧은 나이에 지병으로 세상을 떴다.

김현은 죽은 뒤 "1백 년에 한 번 나올까 말까 한 평론가였다"(시인 황지우)라는 말이 나올 정도로 당대의 한국문학에 넓고 깊은 영향을 미쳤다. 그는 자신의 또래가 4월 혁명의 이념인 자유와 민주정신을 승계한 적자라고 굳게 믿으며 식민지 언어가 아니라 한글로 사유하고 한글로 글을 쓴 제1세대임을 자랑스럽게 생각하였다. 또한 그는 엄청난 독서량과 섬세하면서도 날카로운 작품 분석, 인문학 전반을 아우르는 드넓은 지적 관심, 그리고 명료하고 아름다운 문체로 비평을 창작에 기생하는 장르가 아니라 독자적인 문학 장르로 끌어올린 최초의 비평가로 평가되고 있다. 특히 그의 비평 문체는 이른바 '김현체'라고 불릴 정도로 높은 평가를 받았으며, 비평의 대상이 된 작가들이 즐겨 읽을 만큼 매혹적이었다. 따라서 그는 작품 분석을 중심으로 하는 실제 비평의 영역에 있어서 먼 훗날까지도 뛰어넘기 어려운 봉우리로 남아 있을 것이 틀림없으며, 이 땅에서 가장 독창적인 언어 세계를 보여준 비평가로 평가된다.

김현은 살아생전 240여 편에 달하는 문학평론과 저서를 남겼다. 김윤식과 함께 『한국문학사』(1973)를 펴낸 것을 필두로 고전에서 현대에 이르기까지 서로 다른 경향들에도 깊은 관심을 갖고 연구하여 『존재와 언어』(1964), 『한국문학의 위상』(1977), 『분석과 해석』(1988) 등의 비평서를 펴냈다. 또한 그는 불문학자로서 좀 더 세계적이고 보편적인 관점으로 우리 문학을 읽어내고 거기서 의미를 끌어내기 위해 외국문학 연구에도 관심을 보여 『바슐라르 연구』(곽광수와 공저, 1976), 『현대비평의 혁명』(1977), 『문학사회학』(1980), 『미셸 푸코의 문학비평』(1989), 『시칠리아의 암소』(1990) 등을 펴내기도 했다. 그가 죽은 뒤에도 평론집 『말들의 풍경』(1990), 유고일기 『행복한 책 읽기』(1992) 등이 나왔으며, 1993년에는 문학과지성사에서 『김현문학전집』 전 16권이 집대성되었다. 외국문학 논문상(1988), 제1회 팔봉비평문학상(1989) 등을 받았다.[54]

(2) 최하림 – 한국시단의 균형주의자

최하림(崔夏林, 1939~2010)은 목포 해안통과 오거리 일대를 중심으로 문학 청년기를 보냈다. 1962년 김현, 김승옥 등과 함께 '산문시대'

---

[54] 그러나 그는 목포에서 거주한 기간이 짧고(10년 미만), 목포 문단과의 인연이 거의 없다. 그리고 평소 지방색(전라도 출신)에 대한 콤플렉스 때문에 가급적 전라도와 관련한 글을 쓰지 않았고, 전라도 출신 문인들에게 상대적으로 무관심했다고 한다. 최근 들어 목포문학관에서 '김현문학제'가 매년 열리고 있는데, 이를 주관하는 단체가 살아생전 그의 문학적 성향과는 다른 '목포작가회의'라는 점을 지적하는 사람도 많다. 현실비판적 작품성향이 뚜렷한 박화성의 문학제를 목포작가회의가, 문학 본연의 언어적 미학을 탐구한 김현의 문학제를 김현연구회나 목포문인협회가 주관하는 것이 바람직하다는 지적이 그것이다. 1995년 김현문학비건립위원회가 향토문화관 뒤쪽에 세운 김현 문학비가 있으며, 2011년 목포문학관에 '김현관'이 들어섰다.

동인을 결성하여 우리나라 최초의 소설동인지『산문시대』를 5집까지 발간하였다. 박석규, 원동석, 김소남, 양계탁 등과「고도를 기다리며」를 최초로 무대에 올리는 등 연극에도 관심을 보였다. 1970년대 초반 상경하여 김현과 함께『문학과지성』창간에 관여하기도 했다. 1965년 이후 약 30년 동안 서울 생활을 하다가 1988년 광주로 내려와 10년 동안『전남일보』논설위원으로 재직했다. 은퇴하여 충북 영동과 경기도 양수리를 전전하다가 2010년 지병으로 아깝게 타계했다.

산문시대 동인으로 활동하던 1964년『조선일보』신춘문예에 시「빈약한 올페의 회상」이 당선되어 시단에 나온 그는 우리 시단의 균형주의자 혹은 중간주의자로 알려진 시인이다. 그는 오거리의 문청시절을 회상하면서 "김현이 아폴로였다면 김지하는 디오니소스였다"고 술회한 바 있다. 그러면서 자신은 이 두 사람을 합친 이미지에 가깝다고 말하고 있다. 그러니까 불문학을 전공한 김현을 통해 프랑스 상징주의 시를, 김지하를 통해 현실주의의 시세계를 수용한 것으로 보인다. 그래서 그의 시 세계는 초기 상징주의에서 중기에 리얼리즘으로 바뀌었다가 후기에 다시 이를 통합하는 모습을 지니고 있으며, 시적 사유도 서양적인 것과 동양적인 것이 적당히 혼융되어 있는 특징을 지니고 있다. 색깔로 말하면 회색에 가깝다. 그래서인지 문단의 주목을 뚜렷하게 끌지는 못했다.

최하림의 시에 나타난 목포는 첫 시집『우리들을 위하여』에 집중되어 있다. 그는 문청시절 프랑스의 상징주의 시인 보들레르, 말라르메, 발레리 등에 경도되어 있었다. 특히 발레리의 시집『해변의 묘지』는 붙박이 텍스트였다. 그래서 그의 첫 시집에는 지중해의 몽환적 이미지가 넘실거린다. 「황혼」 등 초기시의 주요 무대는 목포의 해안통과 대반동 바닷가이다. 그는 학교를 가지 않은 날이면 늘 혼자서 해안통을 거닐었다고 한다. 그러고 보면 목포 해안통과 대반동 일대는 그의 초기시가 태어난 산실인 셈이다. 그러나 그의 바다와 관련된 시편들은 구체적인 삶이 살아 있는 건강한 것이라기보다는, 어둠과 불안과 공포에 휩싸인 관념적이고 추상적인 색채를 지니고 있는 것이 특징이다. 등단작 「빈약한 올페의 회상」에는 1960년대 초반의 암울한 시대 상황과 불안한 자의식이 상징적으로 묘사되어 있다.

시집으로 『우리들을 위하여』(1976), 『작은 마을에서』(1982), 『겨울 꽃』(1985), 『겨울 깊은 물소리』(1987), 『속이 보이는 심연으로』(1991), 『굴참나무숲으로 아이들이 온다』(1998), 『풍경 뒤의 풍경』(2001), 『때로는 네가 보이지 않는다』(2005) 등 8권과 2010년 작고 직전에 발간한 『최하림 시 전집』이 있으며, 시선집 『사랑의 변주곡』, 미술 에세이 『한국인의 멋』, 김수영 평전 『자유인의 초상』, 산문집 『멀리 보이는 마을』 등을 펴냈다. 조연현문학상, 이산문학상, 올해의 예술상 문학부문 최우수상(2005)을 수상했다.

(3) 김지하 – 목포가 낳은 세계적인 시인

김지하(金芝河, 1941~)의 본명은 영일(英一), 지하는 필명이다. 1941년 목포시 산정동 1044번지 동학농민운동가의 집안에서 태어났다. 목포산정초등학교를 졸업하고 목포중학교 2학년에 다니던 1954년 아버지를 따라 원주로 이주했다. 원주중학교 2학년으로 편입해 다니던 중 천주교 원주교구 지학순(池學淳) 주교와 인연을 맺은 뒤 1956년 서울 중동고등학교에 입학하면서 문학의 길로 들어섰다. 1959년 서울대학교 미학과에 입학한 이듬해 4.19혁명에 참가한 뒤 학생운동에 앞장서는 한편, 5.16군사정변 이후에는 수배를 피해 목포 등지에서 항만의 인부나 광부로 일하며 도피생활을 하였다. 1963년 3월 『목포문학』 2호에 '김지하'라는 필명으로 발표한 초현실주의시 「저녁 이야기」가

김지하 시인

처음으로 활자화되었고, 1964년 6월 '서울대학교 6.3한일굴욕회담반대 학생총연합회' 소속으로 활동하다 체포되어 4개월의 수감 끝에 풀려난 뒤, 1966년 8월, 7년 6개월 만에 대학교를 졸업하였다.

1969년 11월 오거리 친구인 김현의 도움을 받아 시 전문지 『시인』에 5편의 시를 발표하면서 본격적으로 반체제 저항시인의 길로 들어섰다. 1970년 『사상계』 5월호에 권력 상층부의 부정과 부패상을 판소리 가락으로 담아낸 담시 『오적』을 발표하였다. 이로 인해 『사상계』와 신민당 기관지 『민주전선』의 발행인과 편집인이 연행되었고, 『사상계』는 정간되었다. 김지하는 이때 『오적』 필화사건으로 구속되었으나 국내·외의 구명운동에 힘입어 석방되었다. 이후 희곡 「나폴레옹 꼬냑」, 김수영 추도시론 「풍자냐 자살이냐」를 발표하였고, 그해 12월 목포를 시적 배경으로 삼은 첫 시집 『황토』를 발간하였다. 그리고 1980년 감옥에서 석방되어 1982년 두 번째 시집 『타는 목마름으로』를 발간하였다. 1984년 사면 복권되고 저작들도 해금되면서 1970년대의 저작들이 다시 간행되었고, 이 무렵을 전후해 최제우(崔濟愚), 최시

형(崔時亨), 강일순(姜一淳) 등의 민중사상에 독자적 해석을 더해 '생명사상'이라 명명하면서 생명운동에 뛰어들었는데, 이때 변혁운동 진영으로부터 '변절자'라는 비난을 받기도 하였다. 그 무렵 시집으로『애린』(1986),『검은 산 하얀 방』과 최제우의 삶과 죽음을 담은 장시집『이 가문 날에 비구름』(1988), 서정시집『별밭을 우러르며』(1989) 등을 펴냈다.

1990년대에는 1970년대의 활기에 찬 저항시와 달리 고요하면서도 축약과 절제·관조의 분위기가 배어나는 내면의 시 세계를 보여주었는데,『일산 시첩』이 대표적인 예이다. 1993년 그동안 써낸 시들을 묶어『결정본 김지하 시 전집』3권을 출간하였고, 1994년『대설 南』과 시집『중심의 괴로움』, 1999년 이후『김지하의 사상기행』과 시집『화개』,『유목과 은둔』,『새벽강』,『비단길』등을 펴냈다. 1998년부터 율려학회를 발족해 '율려사상'[55]과 신 인간운동을 주창하는 등 새로운 형태의 민족문화운동을 전개하고 있다.

목포를 소재로 한 김지하의 시들은 첫 시집『황토』에 집중되어 있다. ① 「산정리 일기」, ② 「비녀산」, ③ 「성자동 언덕의 눈」, ④ 「용당리에서」, ⑤ 「황톳길」 등이 대표적이다. ①에서 ④까지의 제목에 나타난 지명은 지금도 현전하며, ⑤의 시 속에 나오는 '부주산', '오포산'도 마찬가지다. 이들 시는 1961년 남북학생회담 남쪽대표 3인 중 한

---

55 '율려(律呂)'는 원래 음악용어이지만, 음양오행의 동양철학에 기초하고 있고, 고대 신화에서 천지창조의 주인공으로 일컬어지는 등 철학, 신화학 등에서 사용하는 용어이다. 다시 말해 율려론은 음양오행의 주역 철학에 기초하였으며, 상생과 상극의 상관관계에 대한 통합적 이해를 바탕으로 조화를 얻어야 한다는 입장으로 요약할 수 있다. 이러한 율려는 오늘날 증산도에서 태을주사상을 결합시켜 신앙화하고 있으며, 김지하의 생명사상에서도 중심을 이루게 된다(한국문학평론가협회 편,『문학비평용어사전-상』, 국학자료원, 2006, 612쪽).

사람으로 지명 수배된 그가 학업을 중단하고 목포로 도피하여 항만인 부생활 등을 하며 20대 초반의 피 끓는 젊음을 숨어 지낼 때의 체험을 모티프로 창작한 것으로 보인다. 그는 그 무렵의 기억을 쓴 산문「고행」에서 목포를 "내 시의 어머니, 굽이굽이 한이 맺힌 저 핏빛 황토의 언덕들"이라고 묘사하고 있다.

이렇듯 김지하는 1960년대와 1970년대에는 반체제 저항시인으로, 1980년대 중반 이후에는 생명사상가로 활동하고 있는 시인이자 사상가이다. 1970년대 내내 민족문학의 상징이자 유신 독재에 대한 저항운동의 중심으로서 도피와 유랑, 투옥과 고문, 사형선고와 무기징역, 사면과 석방 등 형극의 길을 걸어왔다. 그리하여 그는 1975년 한국인 최초로 노벨문학상 후보로 추대되었고, 같은 해 감옥에서 아시아·아프리카 작가회의로부터 로터스상을, 1981년엔 세계시인대회로부터 위대한 시인상과 브루노 크라이스키상을 수상함으로써 유사 이래 세계적인 시인의 반열에 오른 한국 최초의 문인으로 기록되었다. 목포 유달산 뒤쪽 어민동산에 그의 시비가 세워져 있으며, 현재 원주에서 살고 있다.

(4) 김일로 – 목포 시단에서 가장 저평가된 시인

김일로(金一路, 1911~1984)는 광주·전남 아동문학 1세대로 평가되는 시인이다. 본명은 김종기(金鍾起)이다. 1911년 전남 장성에서 태어났으며 아호는 한길이다. 1955년 전남 해남군 황산면에 황산중학교를 설립하고, 1960년 5월부터 매월 2회씩 노래 선물「꽃씨」를 발행해 전남 13개 시·군 100개 학교에 411부를 무료로 보내는 운동을 펼치는 등 어린이들에 대한 사랑이 지극했다. 전라남도문화상, 성옥문화대상을 수상했으며 목포와 서울에서 수차례 시화전을 열기도 했다. 예총 목포지부장, 한국아동문학가협회 이사를 역임했다. 동시집『꽃씨』와 시집『송산하(頌山河)』가 있다.

그는 조희관과 마찬가지로 등단과정 없이 문학에 입문하였으며, 과작의 시인으로 기억되고 있다. 그러나 1964년 아산 조방원과 합작 시화전에 출품한 「그네」 등 8편이 『한국동요동시집』에, 1965년 매정 이창주와 합작 시화전에 출품한 「꽃씨」 등 5편이 『한국아동문학전집』 11권에, 그리고 1975년 『신한국문학전집』 2권에 「눈」 등 7편이 수록될 정도로 작품성을 인정받았다. 그런 의미에서 짧고 압축성이 강한 시를 통해 여백의 미학을 극대화시킨 그는 작품성만 놓고 볼 때 목포 시단에서 가장 저평가된 시인이라고 할 수 있다. 앞으로 재조명이 필요한 이유이다.

(5) 윤종석 - 목포 시단의 청지기

윤종석(尹宗碩, 1938~)은 1960~70년대 목포 시단의 청지기로 불린다. 시적 성취도보다는 오랫동안 남을 위하여 궂은일을 많이 한 사람으로 더 기억되고 있다. 대개 시인들이 자기중심적이고, 귀찮은 일을 싫어하는 성격의 소유자임을 감안할 때 그의 이러한 면모는 목포 문단을 위한 기여 차원에서 평가할 만하다. 그가 목포 시단을 위해 기획·발간한 책들만도 10여 권이 넘는다.

윤종석의 시적 출발은 화려했다. 그는 1960년 『조선일보』 신춘문예와 『자유문학』·『현대문학』 등을 통해 등단했으며, 1961년 목포에서 최하림 등과 '아트라스의 사람들'이라는 동인을 구성·활동하기도 했다. 그리고 첫 시집『환상무도』(1974)를 펴낼 때까지만 해도 시적 상상력과 시정신이 자못 치열했던 것으로 보인다.[56]

(6) 김학래 - 목포 수필 문단의 산증인

김학래(金鶴來, 1934~)는 전남 진도에서 태어났으며 목포를 중심으로 교육 활동과 문학 활동을 펼쳐왔다. 1963~66년『새교실』·『교육자료』에 3회 입선 천료되어 수필가로 등단했다. 1999년 목포 대연초등학교 교장으로 정년했다. 수필집『겨울밤』등 9권을 출간했다. 김학래의 수필은 토속적이고 전원적인 소재, 농어민 생활의 애환과 서민세계의 일화가 중심이다. 한국문인협회 전남지회장, 목포지부장, 전남수필문학회장, 영호남수필문학회장, 목포문학상 운영위원장 등을 역임했다. 2013년 '올해의 수필인상'을 수상했다.

3) 주요 문학 활동

(1) 목포문협 기관지『목포문학』창간

1960년대가 시작되자마자 연간 문예지『목포문학』창간호가 발간되었다. 발행인은 차재석, 편집위원에 백두성, 전승목, 김우정, 권일송, 정규남 등이 선임되었다.『목포문학』은 이후 2019년 현재까지 계속 그 맥을 이어온 목포문협의 공식 기관지로서의 역할을 충실히 수

---

56 김선태,「목포 출신 시인 산책 5」,『주간목포』, 1999.11.

행해오고 있다.

항도출판사에서 총 181페이지의 분량으로 출간된 『목포문학』 창간호를 보면 박화성, 차범석, 천승세, 천승걸, 이동주, 권일송, 정규남, 김재희, 김정숙, 범대순, 김일로, 윤삼하 등 비교적 화려한 필진이 눈에 띤다. 이처럼 1960년대 목포 문단에서 활동하고 있던 문인들이 총 망라되어 있는 『목포문학』은 1950년대의 『시정신』처럼 차재석과 이동주의 편집방침이 적용된 것으로 보인다. 1963년에 발간된 2호에는 습작기의 김지하가 시 「저녁 이야기」를 발표하기도 했다. 『목포문학』의 창간에 이어 1962년에는 목포문화협회도 한국예술인총연합회 목포지부로, 목포문학회도 한국문인협회 목포지부(초대 지부장-차재석)로 개편되어 현재에 이른다.

(2) 한국 최초의 소설동인지 『산문시대』

1962년 김현·최하림·김승옥이 목포 오거리 일대 다방에서 '산문시대'[57] 동인을 결성하고 전주 가림출판사에서 200부 한정본으로 한국 최초의 소설동인지 『산문시대』를 창간하였다. 나중에 강호무, 김산

---

57 "1961년 겨울, 남도의 항구도시인 목포의 한 다방. 곧 눈이라도 내릴 듯한 회색빛 하늘, 잎 진 가로수를 훑고 지나가는 찬 겨울바람. 갈탄 난로가 타오르고 있는 한 다방 안에서 스무 살을 갓 넘긴 문학청년 몇몇이 둘러앉아 문학 얘기를 나누고 있다. 니체의 철학도 한동안 화제의 중심이 되었다. 뒷날 이들 중 한 명이 20세기 후반기 한국문학을 견인하는 중요한 비평가가 되고, 또 두 사람은 한국문학에서 중요한 자리를 차지할 소설가와 시인이 된다. 비평가는 김현이고, 소설가는 김승옥이고, 시인은 최하림이다. 1962년 여름, 한국어로 사유하고 한국어로 글을 쓴 최초의 한글세대인, 아직 너무나 젊은 한 무리의 문학 지망생들이 모여 만든 '산문시대'는 그렇게 탄생한다."(장석주, 「장석주의 '한국문단 비사'(28)-문학평론가 김현(上)」, 『한국경제』, 2002.11.29.)

초, 김치수, 김성일, 염무웅, 서정인 등 이 가세한 이 동인회는 1964년 5집까지 발간하고 1968년 해체된 뒤, 그 본거지를 서울로 옮겨 '68그룹'으로 재탄생하게 되고, 이어 『창작과비평』과 더불어 양대 축을 이룬 계간 문예지 『문학과지성』의 모태가 된다.

최초의 소설동인지 『산문시대』

산문시대 동인들은 4.19혁명에서 고취된 자유의 정신을 계승하며 이를 문학에서 실현하고자 했다. 이들은 자신들의 세대론적 전략을 구사하며 낡은 문학에 대한 거부와 새로운 언어와 문법의 구축으로 나아갔다. 대학생 중심으로 형성된 이들의 활동은 지방출신, 외국문학 전공자, 서울대학교 문리대 학생이라는 상징 자본을 활용하며 자신들의 동인지를 '대학생 문단지'로 철저히 규정하고 기성문단과의 차별화 전략을 구사했다. 작품 수준을 고려해 등단한 사람으로 제한했다는 점, 당대 문학적 지형도를 의식해 산문을 선택했다는 점, 대학생이라는 상징 자본을 활용했다는 점은 이 동인의 구성이 그들 청년 문학세대가 소유하고 있는 자본의 총량, 즉 문화적 자본과 사회적 자본의 전략적 배치의 결과라는 것을 알 수 있다.[58]

58 이서진, 『동인지 『산문시대』 연구』, 이화여자대학교출판부, 2010.

(3) 한시문집 『목포풍아집』 발간

1965년 목포시사(木浦詩社)가 한시(漢詩) 문집인 『목포풍아집(木浦風雅集)』을 발간하여 예로부터 목포가 시향(詩鄕)이요 문향(文鄕)으로 이름이 높았던 곳이었음을 한눈에 보여주었다. 이 문집에는 유산정기, 유산정 상량문, 유선각기, 목포팔경, 이충무공유허비, 지천묘비, 삼효비각, 효열부인 김씨 찬양문 등과 함께, 수성사 창건기 (죽동·대성·유달·산정·온금), 무정 정만조, 미산 허형, 초정 김성규, 김철진, 차남진, 김용진, 김대중(전 대통령, 당시 국회의원), 김문옥(전 국회의원), 하동현·송성룡(전 목포시장), 이훈동(전 조선내화 회장), 임광행(전 보해양조 회장), 조효석(언론인) 등의 한시 600여 편이 실려 있다.[59]

(4) 목포 최장수 시 동인지 『흑조』와 『보름문학』 창간

1966년 12월, 1920년대 『백조(白潮)』에 대응하여 목포와 신안군 출신 시인들을 중심으로 한 시 전문 동인지 『흑조(黑潮)』가 창간되었다. 이생연, 주정연, 정영일, 김창완, 정설헌, 박광호, 승린, 양문열, 정지하, 윤미순, 부원배 등[60]을 동인으로 출발한 『흑조』는 "어둠을 지나 밝음에로 또는 미명을 거쳐 참다운 삶에 옮겨 가고자 하는 의지로서의 검정색 이

『黑潮』 시 전문 동인지

---

59 2012년에는 목포문화원에서 번역본을 출간한바 있다.
60 1970년대엔 '반시' 동인 고정희도 가담하였다.

미지"를 내걸고 청마 유치환의 격려사를 머리에 실었다.

"문학 가운데서도 시는 허구가 용납되지 않는 것입니다. 어디까지나 자신의 체험적 바탕 위에서만 이뤄지는 것입니다. 그리고 또한 인생이란 만난을 배제하고서도 끝까지 긍정의 바탕 위에서 성립되어야 하는 것입니다. 그리고 보면 시인이란 얼마나 인생에 충실하고 성실해야 되겠습니까? …(중략)… 외롭게 시에 뜻하는 젊은 벗들은 부디 문학에만이 아니라 인생 매사에 성실하시기를 빌어 마지않습니다. 그래 그것이 좋은 시를 낳는 길인 것입니다."[61]

『흑조』는 2000년 제28집 『흑조시선』을 끝으로 비록 폐간되었지만, 목포 문단 최장수 시 전문 동인지일 뿐만 아니라 나라 안에서도 몇 번째 안 가는 대표적인 동인지였다. 또한 동인들의 활동성과 작품성을 감안할 때 1970년대 이후 침체에 빠진 목포 시단의 명맥을 그나마 간신히 유지해온 유일한 세력이었다.[62]

한편, 『흑조』에 이어 1967년에는 생활 속에서 문학을 찾고, 문학의 길을 가면서 생활하는 생활문학 지향의 문학동인지 『보륨문학』이 창간되었다. 6호까지 발간되었던 이 동인지는 개업 의사였던 박동철을 중심으로 이태웅, 정영수, 김관재, 임차랑, 박용주, 김봉식, 명기환, 이재용, 임중철, 최덕원, 김충곤, 차원재, 나순녀, 김순녀, 안양순 등이 참여했다.

---

61 유치환, 「격려사」, 『흑조』 창간호, 1966 참조.
62 1970년대 이후 최병두, 김동하, 김정숙 등이 새로운 멤버로 가담하였다.

목포 예술인의 아지트 목포 오거리

(5) 목포예술인의 아지트 '목포 오거리'

전술한 바대로, 1950~60년대 목포 오거리는 문인을 비롯한 목포 예술인들의 아지트였다. 문청시절 김지하, 김현, 최하림 등이 이곳에서 모여 치열한 토론을 벌였고, 『산문시대』·『흑조』 등 문학 동인지들이 이곳에서 탄생했으며, 연극 공연이며 문학의 밤 등 행사가 이곳을 중심으로 열렸다.[63] 오거리 일대 다방[64]이며 주점[65]은 밤이면 언제나

---

[63] "미술인뿐만 아니라 사진작가들의 작품전이나 시인들의 시화전 역시 이곳 오거리 다방에서 열렸다"(김병고, 「오거리 애환과 화랑, 화방에 부쳐」, 『목포예술인들의 빛과 그림자』, 목포투데이신문, 2008)
[64] 지금은 모두 사라졌지만, 당시 밀물·청예·새마을·목우·세종·황실·묵 다방에서는 그림·서예·시화·사진전이 끊임없이 열렸다(박순범, 「목포문학과 오거리와 수석 사랑」 참조).
[65] 당시의 분위기는 아니지만, 지금도 '덕인주점'이 명맥을 잇고 있다.

예술인들로 북적거렸다. 비록 지금은 도시의 중심이 하당이나 남악으로 옮겨졌지만, 지금도 이곳은 목포예술이 숨 쉬는 추억의 장소가 아닐 수 없다.

(6) 교단 문예지 『해안선』·『목포교육』·『목문학』

1950년대에 이어 1960년대에도 교단 문인들을 중심으로 한 문학 동인회 활동이 활발하였다.

1966년에는 박현숙, 김용원, 이준행, 나영복, 김정옥, 김현수, 박종봉, 김성자, 김길순, 양대성, 강갑순, 양문열, 양재철, 김원기, 박진남, 김준기, 홍성구, 박무웅 등을 동인으로 『해안선』이 창간되어 계간으로 8집까지 발간했다. 윤미순, 김상수, 김성원, 양계승, 김정원, 이무성도 뒤를 이어 동참했다. 또한 김학래, 최두호, 박성천 중심의 '목요회'와 1969년 박순범, 김학래, 김재희 등이 주축이 되었던 『목포교육』, 『목문학』도 발간되었다.

이 밖에 학생 문학동인회 '강강수월래', '징검다리', '뚝배기'의 활동도 활발했다.

4) 등단 문인

천승준(『현대문학』-문학평론), 윤종석(『자유문학』·『현대문학』-시, 재등단), 김우정(『조선일보』-문학평론), 박진환(『자유문학』-문학평론), 조정자(『여원』-시), 김정숙(『현대문학』-시), 김하림(『자유문학』-시), 박홍원(『현대문학』-시), 최일환(『아동문학』-동시), 김현(『자유문학』-문학평론), 김송희(『현대문학』-시), 최하림(『조선일보』-시), 김종한(『서울신문』-동화), 김길호(『중앙일보』-희곡), 천승세(국립극장 현상공모-희곡), 김학래(『새교실』·『교육자료』-수필), 박훤(TBC-TV-드라마), 송기숙(『현대문학』-문학평론), 정규남(『현대문학』-시), 박건한(『문학』-시), 원갑희(『중앙일보』-희곡), 정영일(문화공보부 현상공모-시), 강무창(『전남일보』-소설), 김엄조(『호남매일』-시), 김지하(『시인』-시), 양동온(『교육자료』-동시) 등.

6. 1970년대 – 문인들의 출향과 침체의 시작

1) 개관

목포항의 엄청난 물동량 감소와 삼학양조의 파산으로 요약되는 1970년대 목포의 경제는 극도로 침체되었다. 최고 13만 톤이었던 목포항의 물동량은 이 시기에 겨우 6만 6천여 톤으로 크게 감소하였고, 그것도 실제로는 훨씬 미치지 못하여 부두노동자들은 인천 등 다른 항구로 이주해갔다. 1970년대 말에 이르면 목포의 경제적 지위는 이전보다 훨씬 더 추락했다. 한때 전국 3대항 6대 도시라던 목포는 '3급항'으로 전락했다는 자조 섞인 목소리가 공공연하게 나돌았다.

이러한 경제적 상황과 맞물려 1970년대의 목포 문단은 소위 문인들의 이촌향도 현상이 두드러진 시기였다. 차범석, 권일송, 김재희, 윤삼하, 천승세, 최인훈, 천승준, 김우정, 김정숙, 김하림, 최하림, 김현, 김길호, 송기숙, 박건한, 김지하 등 1950~60년대의 목포 문단을 풍요롭게 하였던 주요 문인들이 대부분 서울이나 다른 도시로 빠져 나갔다. 이들이 썰물처럼 빠져 나간 목포 문단은 알맹이 없는 쭉정이와 같아서 목포문학도 서서히 침체의 길로 접어들기 시작했다. 이 같은 현상은 목포 문단뿐만 아니라 전국적인 흐름이었으며, 문학의 중앙 집중화는 중앙문단과 지방문단의 격차를 심화시키는 폐해로 작용했다. 그나마 남아 있는 문인들은 이러한 시대적 변화에 적응하지 못하고 전성기를 구가했던 지난 시절을 추억하는 과거추수적이고 자족적인 문학작품을 생산하는 데 그침으로써 문학의 질적 저하가 불가피했다. 또한 작품성보다는 행사 위주의 문단 활동과 문단 권력을 둘러싼 이전투구현상까지 벌어지기 시작했다.

그러나 이러한 부정적인 상황 속에서도 1970년대 목포문학은 그대로 복지부동하지는 않았다. 이 시기 목포 문단의 가장 큰 특징으로 꼽을 수 있는 것은 아동문학의 분위기가 형성·확산되었다는 점이다. 1971년『어린이 목포』창간을 필두로, 1973년 전남아동문학의 밤, 1974년 소라아동문학의 밤 등이 잇달아 열렸다. 게다가 정중수, 최일환, 최재환, 유미순, 김종두, 박순범, 김재용, 서오근, 고정선, 김광채, 정대성 등이 아동문학 작품집을 발간하거나 아동문인으로 대거 등단함으로써 아동문학의 붐이 그 어느 때보다 크게 일어났다. 그리고 종합문예지『월간 향토』를 비롯한 동인지『청호』와『나루』가 창간되어 1960년대의 문학적 명맥을 이어갔다. 또한 중앙 일간지 신춘문예로 등단한 사람이 7명이나 되었다.

2) 주요 문인 활동

(1) 이생연 - 부끄러움과 겸손의 시인

이생연(李生淵, 1938~2005)은 무안에서 태어나 일찍 목포로 이주한 후 작고할 때까지 살았던 철저한 향토시인이다. 그는 약 40년 동안 시를 써왔지만 끝끝내 단 한 권의 시집도 출간하지 않고 세상을 뜬 특이한 이력을 갖고 있다. 또한 1966년 시 전문 동인지 『흑조』의 창간멤버로 참여하여 작고할 때까지 『흑조』와 함께 한 유일한 시인이기도 하다. 그런 의미에서 그는 시보다 인간성이 앞선 시인이다. 그는 스스로 시인임을 자처하지 않았을 뿐더러 그가 쓴 시마저 반드시 시라고 우기지도 않았다. 부끄러움과 겸손한 마음이 시를 앞지르기 때문이다. 근래에 시인답지 않은 시인들로 떠들썩한 목포시단을 감안할 때 그의 이러한 아름다운 면모는 오래 기억될 만하다. 그는 목포를 사랑하는 일에 누구보다 가슴이 뜨거운 사람이기도 했다. 그래서 향토사학자로 더 기억되고 있다.[66]

(2) 최일환 - 목포·전남 아동문학 발전에 기여

최일환(崔日煥, 1939~2005)은 해남에서 태어나 목포고등학교와 명지대학교를 졸업한 뒤 1963년 『아동문학』을 통해 동시로 등단했다. 1973년부터 『시문학』 등에 시를 발표하면서 시를 쓰기도 했다. 문태고등학교 교사로 봉직하면서 목포문인협회장, 전남아동문학가협회

---

66 1991년 『문학세계』를 통해 뒤늦게야 다시 등단이라는 과정을 거쳤지만, 이는 그리 중요한 일이 못된다. 필자가 보기에 그는 끝까지 등단을 하지 말았어야 했다.

장, 전남문인협회장, 전남시인협회장, 목포예총회장을 맡아 목포문학
과 전남문학 발전에 기여했다. 세종아동문학상, 남농예술상, 강소천
아동문학상, 전남도문화상 등을 받기도 했다. 사망하기 전까지 10권
의 동시집과 10권 가량의 시집을 남긴 부지런한 시인이었지만, 그도
작품성보다는 김학래, 윤종석처럼 외적인 활동에 주력했다. 동시집으
로 『푸른색 웃음이』 등과 시집으로 『부뭇골 뜸북새』 등 다수가 있다.

(3) 최재환 - 목포 시단의 마지막 선비

최재환(崔才煥, 1942~)은 지금은 육지가 되어버린 전남 신안군의 유
일한 섬 아닌 섬 지도읍에서 태어나 목포유달초등학교와 목포상업고
등학교를 거쳐 서라벌예대 문예창작과를 졸업했다. 목포상고 재학 중
에 '여울'이라는 문학 동인회를 결성했고, 목포시내 고등학생 통합문
학동인회 '청도(靑壽)'를 조직·주도하기도 했다. 36년간의 교직생활
을 마감하고 광주의 『원탁시』 동인 등으로 활동해왔고, 현재는 승달
산이 있는 무안 청계에 은둔하며 70대 후반 무욕의 삶을 보내고 있다.
그런 의미에서 그는 목포 시단의 마지막 선비이자 청빈한 은둔주의자
라고 할 만하다. 시보다 동시로 먼저 등단하여 두 권의 동시집을 가지
고 있는 그는 1977년 『시문학』 추천으로 등단한 이후 첫 시집 『표구
속의 얼굴』 등 10여 권의 시집을 상재했다.

(4) 박순범 - 목포 시단의 유일한 실향민

박순범(朴洵範, 1928~1989)은 목포시단의 유일한 실향민 출신 시인
이다. 제 탯줄을 묻은 곳을 등지고 객지를 떠도는 현대인이라면 누구

나 실향민이겠지만, 그가 유독 북쪽에 고향을 두고 왔다는 점에서 그렇다. 평양 태생으로 6.25 때 월남하여 반도의 끄트머리 목포에 닻을 내린 그는 이후 40년의 교편생활을 마감하고 무안의 임성리에 묻혔다. 그는 목포시단에서 김일로, 이생연과 함께 대표적인 과작의 시인으로 꼽힌다. 살아생전에 발간한 시집『세월』(1980)과 유고시집『임성리 옛집』(1990)이 그 전부이기 때문이다. 작품성보다는 문단 활동에 주력하여 목포예총과 목포문협 지부장을 다년간 역임하기도 했다.[67]

3) 주요 문학 활동

(1) 새싹 키우기 운동 벌인『어린이 목포』

1971년 목포 아동문학의 시발점을 알리는『어린이 목포』가 창간되었다. 목포시 교육장 박찬대가 발행하고 김학래, 김관재, 손수남, 박성천, 김정신 등이 편집한『어린이 목포』는 동요 동시를 '노래글', 산문을 '줄글'이라는 순우리말로 표기하면서 목포시내 어린이들의 글 42편을 실었는데, 이는 목포문학의 새싹 키우기 운동으로 번졌다.

(2) 아동문학의 밤, 동시집 발간 활발

1970년대가 아동문학의 연대임을 알리는 활동들이 활발하게 전개되었다. 1973년 전남아동문학회와 현대아동문학사가 공동으로 주최한 전남아동문학의 밤이 성대하게 열렸다. 이 행사에는 한국문협 부

---

67 김선태,「목포 출신 시인 산책 19」,『주간목포』, 2000.4.

이사장 김요섭, 한국문협 아동문학분과회장 박화목, 현대아동문학 주간 송명호, 한국아동문학회장 김영일 등 관련 단체장들이 모두 참석했다. 1974년에는 전남아동문학회 주최 박화목 초청강연 및 소라 아동문학의 밤이 열렸고, 이어서 김신철이 박화목 선생을 초청하여 혜인문학의 밤을 열기도 했다.

또한 양문열이 『민들레의 말』, 김종두가 『해남이 사는 꽃밭』을 펴냈으며, 정중수, 최일환, 최재환, 유미순, 김종두, 박순범, 김재용, 서오근, 고정선, 김광채, 정대성, 허형만 등이 아동문인으로 등단했다.

(3) 『월간 향토』·『청호』·『나무』 발간

1972년 김이주가 편집하고 이복주가 발행한 『월간 향토』가 창간되었다. 1984년 27호까지 발간된 이 잡지는 종합문예지로서 한 몫을 톡톡히 담당했다.

1976년에는 문학동인지 『청호』와 『나루』가 창간되었다. 『청호』는 1974년 목포의 옛 이름 청호의 기치를 들고 40대의 문인들이 향토를 지키면서 문학하는 목포의 풍토를 회복하자는 뜻에서 결성되었던 동인회인데, 이를 새로 정비하여 김신철, 김재희, 문성원, 양문열, 박순범, 이태웅, 최일환, 최재환, 김학래 등이 첫 작품집을 펴낸 것이다. 『나루』는 목포시 대학문예부연합체의 동인지로 강정숙, 신수균, 박순례, 신종식, 황부영, 최점순, 지형원, 전성연(이상 시), 박영자, 박원석, 윤종기, 정희숙, 이문임, 문행규, 추향수, 양선일(이상 수필), 오재원 박수호(이상 논단), 정연근, 정금덕(이상 꽁트), 채희윤(희곡) 등이 참여했다.

4) 등단 문인

정중수(『한국일보』-시·동화, 『중앙일보』-동시), 허형만(『월간문학』-시, 『아동문예』-동시), 주정연(시집『인구문제』-시), 이지흔(『전남일보』-희곡, 『조선일보』-소설), 윤미순(『새교실』-동시), 김청원(『중앙일보』·『서울신문』-희곡), 정일진(『현대문학』-시), 김종두(『소년』-동시), 최재환(『중앙일보』-동시, 『시문학』-시), 조승기(『중앙일보』-소설), 박훤(『월간문학』-시), 김수기(『서울신문』-넌픽션), 서오근(『월간문학』-동시), 김양호(『한국일보』-소설), 김재용(『아동문예』-동시), 박순범(『아동문예』-동시) 등.

7. 1980년대 – 침체의 지속과 중심축의 부재

1) 개관

5.18광주민주화운동을 기점으로 민주화 열기가 뜨거웠던 1980년대의 목포문학은 사회적·경제적인 변화의 바람에도 불구하고 문학적으로 이를 수용하지 못한 채 1970년대의 침체된 분위기가 그대로 이어졌다고 할 수 있다. 문인들의 출향이 일단락되긴 했지만 그 썰렁한 분위기는 여전했고, 1950년대부터 조희관과 더불어 목포 문단의 기반 구축에 지대한 공헌을 해왔던 차재석 등의 타계는 문학적 중심축의 부재를 불러왔다.

그런가 하면 목포교대가 4년제 목포대학으로 승격·개교(1979)하면서 개설된 국문학과에 소설가 이동하, 유금호와 시인 허형만이 부임하면서 새로운 문인이 유입되기도 했다. 그리고 1980년 벽두부터 자생적 문인단체인 '한국문협 목포지부'가 정당한 명분도 없이 '한국문협 전남지부' 결성으로 인해 해체되었다가 다시 환원하는 등 문단 조직을 둘러싼 잡음과 갈등으로 시끄러웠다.

목포문학은 5.18광주민중항쟁의 영향권에 있는 인근도시였으나, 광주와 달리 민중·민주로 요약되는 시대의 화두를 문학작품으로 담아내지 못했다. 또한 작품의 질적 향상을 위해 골몰하기보다는 행사 위주 활동에 치중하였고, 향토적 소재에 급급하거나 화려했던 전성기의 추억을 곱씹는 퇴행적 성향에서 여전히 벗어나지 못했다. 경제적으로는 영산강하구언 완공 등 소위 '서남해안 시대'의 기치를 내건 변화의 바람이 일었지만, 실질적으로는 기대에 못 미친 채 침체가 계속되었다. 경제적으로 침체되고, 정치적으로 소외되면서 '뜨고 싶은 도시', '한국의 하와이' 같은 부정적인 말들이 공공연히 떠돌았다. 이를 반영하듯 문학을 포함한 문화예술도 예외는 아니었다.

2) 주요 문인 활동

(1) 허형만 - 부지런함과 성실성의 시인

허형만(許炯萬, 1945~)은 순천에서 태어나 중앙대학교 국문과를 졸업했다. 1982년 목포대신문사 편집국장으로 부임하면서 항도 목포와 인연을 맺은 이후 목포대학교 국문학과의 교수로 약 30년 동안 봉직하면서 목포시단의 활성화에 기여했다. 특히 1990년대 중반부터

2010년까지 목포대학교 평생교육원과 목포 시인학교에서 시 창작반을 개설하여 후진 양성에 공헌했다.

1973년 『월간문학』 신인상에 시가, 1978년 『아동문예』에 동시가 추천되면서 등단한 그는 부지런함과 성실성의 시인으로 잘 알려져 있다. 1978년 첫 시집 『청명』에서부터 2019년 현재 『뒷굽』에 이르기까지 18권의 시집을 상재했다. 1984년 17인 신작시집 『마침내 시인이여』에 참여하는 등 목포보다 광주 등 외부 활동이 보다 활발했다. 소파문학상(1979)에서부터 인산문학상(2016)까지 문학상을 다수 수상했으며, '목요시' 동인, 계간 『시와 사람』 편집인 등을 역임했다. 초등학교 교과서에 동시 「동전 한 잎」이 수록되기도 했다.

(2) 명기환 - 바다와 섬의 시인

명기환(明機煥, 1943~)은 전남 해남에서 태어나 1962년 목포상고를 거쳐 1964년 서라벌예술대학 문예창작과, 1966년 동국대학교 문리대 국문과를 졸업했다. 1984년 『시문학』을 통해 등단한 이래 목포덕인중학교 교사로 재직하면서 줄곧 목포 문단에서 활동했다. 주로 목포와 바다와 섬을 노래한 그는 전형적인 향토시인이다. 작품성보다는 문단활동에 주력했으며, 첫 시집 『목포항』 등 10권 이상의 시집을 펴냈다. 국제펜클럽 한국본부 이사, 목포문인협회 고문, 목포문학상 운영위원장 등을 지냈고, 전라남도문화상과 장애인문화예술상을 수상했다.

(3) 조승기 - 은둔의 소설가이자 시인

조승기(趙承起, 1948~)는 목포 산 토박이 소설가이자 시인이다. 중앙대학교 문예창작과를 졸업한 이후 1976년『중앙일보』신춘문예에 소설이, 1985년『시와 의식』신인문학상에 시가 당선되면서 등단했다. 목포 문태고등학교에서 제자들을 양성했다. 소설집으로『돌을 던지는 여자』(1981) 등 3권과 시집으로는『씨』(1986) 등 10여 권을 출간했다. 소청문학상, 박태진 문학상, 녹색시인상 등을 수상했다. 그는 목포 문단에서 은둔의 소설가이자 시인으로 통한다. 복잡한 문단 활동에 눈과 귀를 닫은 채 오로지 자신의 우거에서 작품 활동에만 전념하며 조용히 고희(古稀)의 고개를 넘어가고 있다.

(4) 김휘승-낯설고 불온한 시인

김휘승(1957~)은 목포에서 태어나 현재 서울에서 활동하고 있는 낯선 시인이다. 목포 문단과의 인연도 전무하다. 다만 그의 이름을 목포 문학사에서 거론하는 이유는 그가 지독한 과작의 시인이며, 한국시단에서도 보기 드문 독특한 시세계를 구축하고 있는 목포 출신 시인이라는 점 때문이다. 먼저 시인으로서 그의 이름이 낯설고, 고향인 목포 시단에서 낯설고, 객지인 중앙 시단에서도 낯설며, 무엇보다 그가 쓰는 시는 더욱 낯설다. '낯설다'는 단어는 '모른다', '알려져 있지 않다', '불온하다'는 사전적 의미와 함께 '난해하다', '새롭다', '독특하다'는 문학적 의미를 동시에 끌어안는다.[68] 1988년『문학과사회』로 등단하였으며, 시집으로『햇빛이 있다』(문학과지성사, 1991) 등 2권이 있다.

---

68 김선태, 「목포 출신 시인 산책 23」, 『주간목포』, 1989.6.

(5) 채희윤 – 목포 소설의 맥을 이어가다

채희윤(蔡熙潤, 1954~)은 목포에서 태어나 목포 문태고등학교를 졸업하고 목포교육대학과 국민대학교를 졸업했다. 서강대학교 대학원에서 박사학위를 받았다. 1989년『한국일보』신춘문예를 통해 등단한 이후『한 평 구 홉의 안식』등 5권의 소설집을 출간한 그는 박화성, 천승세, 조승기 이후 대가 끊기다시피 한 목포 소설문학의 맥을 충실히 이어가고 있다. 광주·전남작가회의 회장을 역임했으며, 현재 광주여자대학교 교수로 재직 중이다.

(6) 신정숙 – 목포 여성시인의 자존심

신정숙(申貞淑, 1958~)은 목포에서 태어나 정명여자고등학교와 중앙대학교 문예창작과를 졸업하고 지금도 목포에 살고 있는 토박이 시인이다. 1989년『현대시학』을 통해 등단한 그녀는 문단 활동과는 거리를 둔 채 창작에만 전념하고 있으며, 근래에 들어선 이마저 쉬고 있다. 한때는 소설집을 출간한 적도 있다. 그러나 그녀는 흔히 지역에서 활동하고 있는 여성시인들의 시적 한계를 뛰어넘는 치열성과 새로움을 보여주었다는 점에서 목포 여성시인의 유일한 자존심으로 통한다. 시집으로『그렇게도 먼 지구』(1992),『즐거운 하드록』(1997)이 있다.

3) 주요 문학 활동

(1) 목포 문단의 산 증인 차재석 등 별세

1980년대 들어 주로 1950~60년대에 활동했던 문인들이 대거 별세함에 따라 목포 문단의 중심축이 사라져 문단 조직이 헐거워졌다. 1983년 목포예총의 터줏대감이자 목포 문단의 산 증인 역할을 했던 수필가 차재석이 83년 2월 별세했고, 85년 2월엔 문성원 시인, 12월엔 황의돈 시인, 87년 9월엔 정규남 시인, 88년 1월엔 박화성 소설가, 89년 9월엔 박순범 시인이 각각 유명을 달리했다. 이로써 목포문학은 침체가 가속화됐다.

(2) 『시류』·『목포시문학』·『시울』·『별밭』·『새솔문학』 창간

1980년 양동온이 주도한 시 동인지 『시류』가 창간됐다. 1983년에는 21명[69]의 시인들이 참여하는 동인회 '목포시문학'이 결성되어 시 동인지 『목포시선집 1』을 창간한 이후 2019년 현재 한 번도 결호 없이 33집을 발간해오고 있다. 또한 '찾아가는 청소년 문예 강좌'를 20년 동안 계속해오고 있으며, 1987년부터 '시의 날' 행사 개최, 1996년부터 '목포 뱃길 100리 선상시낭송회'[70]를 열고 있다.

1984년에는 시 동인지 『시울』이 창간됐는데 양화성, 홍로기, 김현수, 김영미, 김화숙, 김선기 등이 동인으로 참여했으며, 뒤에 김민재, 이동범, 최재건, 류현옥, 박소미, 서유미, 고춘림, 황금산, 김광우 등

---

69 최재환 등이 주도하여 창립한 이 동인회는 2019년 현재 강성희, 강해자, 고은성, 김경애, 김남복, 김상근, 김영천, 김종구, 김충경, 김혜경, 김혜자, 박영동, 박행자, 유헌, 이순남, 이순동, 이순애, 이순희 이종숙, 전경란, 조기호, 허형만 등 22명이 활동하고 있다.

70 목포시문학회가 1996년부터 매년 열고 있는 '목포 뱃길 100리 선상시낭송회'는 목포지역에서 가장 오랫동안 열어온 시낭송 행사이다. 이 낭송회 회원의 한 사람인 김상근 시인은 1996년부터 자신의 소유인 신진페리호를 무료 제공해왔다. 지금은 목포해군경비부의 선박을 지원받고 있다.

년 詩의 날 및 목포詩문학회 30년사 출판기념

시 : 2018. 11. 01(목) 16:00 　 장소 : 목포문학관 　 주최·주관 : 목포詩문학회 　 후원 : 목포시

『목포시문학회 30년사』 출판기념회

이 합류했다. 또한 1984년 서원웅, 윤삼현, 양회성, 조기호가 주축이
된 아동문학 동인지『별밭』과 문학동인지『새솔문학』이 창간되었다.

(3) 한국문협 목포지부 해체·환원

1987년 5월 전국에서도 일찍 지역문학단체를 조직하여 예향 목포
의 자존심을 굳게 다져왔던 한국문협 목포지부가 지부장 임기가 가
까워지자 새로 전남지부를 결성하겠다는 석연찮은 명분을 내세워
해체해버린 일이 일어났다. 그 당시의 상황을『목포 개항 백년사』는
"5월 10일 기존의 한국문협 목포지부가 해체되고 그 대신 전남지부
(지부장-최일환, 사무국장-김수기)로 결성되었다가 8월 26일 다시 환원되
어 새로이 임원을 선출하고 새 출발을 했다(새 지부장-김학래, 부지부장-

김재용·박길장, 총무-윤종석, 감사-정순열·양회성)"고 적고 있다. 이에 목포 문단과는 물과 기름의 관계였던 '흑조' 동인들과 해체 모임에 참석치 못한 문인들이 거세게 반발하였고, 이들이 새로운 목포문협 재건을 위한 발기대회를 열었다. 그러나 해체에 참여했던 문인들이 수적인 우세를 앞세워 새 집행부를 구성해버린 것이다. 이렇게 해서 탄생한 것이 지금의 목포문협이다.

4) 등단 문인

이충이(『월간문학』-시), 박록담(『현대시조』·『월간문학』-시조·시), 고정선(『교육자료』·『아동문예』-동시), 김선기(『경향신문』-생활수기), 최건(『시문학』-시), 김지수(『한국문학』-소설), 정기석(『시문학』-시), 최병두(『시와의식』-시), 김재용(『새벗』-동시), 조승기(『시와의식』-시), 김정삼(『월간문학』-시), 명기환(『시문학』-시), 양회성(『아동문예』·『월간문학』-동시·시), 김찬호(『시와의식』-시), 김수기(『아동문학』-평론, 『월간문학』-수필), 정순열(『월간문학』-희곡), 신정숙(『현대시학』-시), 채희윤(『한국일보』-소설), 김광채(『아동문학』-동화, 『수필문학』-수필), 이중기(『동양문학』-희곡), 윤미순(『문학과의식』-시), 조기호(『광주일보』-동시), 박문재(『현대문학』-시), 김관재(『한국시』-시), 박행신(『아동문예』·『눈높이문학』-동시), 김정숙(『시대문학』-시), 박영희(『민의』-시), 김화숙(『한국아동문학』-동화) 등.

8. 1990년대 목포 문단의 폐쇄성과 질적 저하

1) 개관

1990년대는 정치적 이념의 벽이 사라지고 문민정부가 들어섰으며 문화적으로 신세대 열풍이 불었던 시기이다. 특히 1997년 김대중이 대통령에 당선됨으로써 목포 사람들의 오랜 정치적 한이 해소된 시기이기도 하다. 그러나 이 시기 목포문학은 이러한 시대적 변화의 흐름을 타지 못한 채 더욱 깊은 침체의 늪으로 빠져 들어갔다. 구세대 문인들을 중심으로 한 목포 문단의 폐쇄성은 더욱 견고해졌고, 문인들은 사분오열되었다. 신인들의 대거 등단으로 문인들의 수는 늘었으나 작품성을 담보로 전국적인 지명도를 얻고 있는 문인은 극히 드물었다. 변화의 바람과 세대교체의 필요성이 절실한 시기였다. 반면에 출향 문인들의 활동상은 눈부셨다. 특히 김지하, 김현, 최하림, 황현산 등은 한국문학의 중심에 우뚝 서서 그나마 목포문학의 자존심을 지켜주었다.

그러는 속에서도 1990년 4월 16일 유달산 소재 '목포시사'에서 전국 유림 100여 명이 참석한 가운데 한시백일장대회가 열렸고, 8월엔 '우리문학기림회'(회장-이명재 중앙대학교 교수, 평론가)가 목포 출신 문인 박화성, 김우진, 김진섭의 표지석을 세웠다. 1991년엔 민예총 목포지부 문학위원회(초대 위원장-김주완, 현 목포작가회의)가 결성되어 지금껏 목포문협만 있었던 문학 단체의 양대 축을 형성했고, 1995년 기관지 『민예』와 『민족문학회보』의 발간, 1996년 영·호남문학인대회를 개최하기도 하였다. 1992년엔 목포문협 주최 제1회 소영 박화성 선생 기념 백일장대회가 열렸으며, 향토문화관에 '박화성 문학기념관'이 설치되었다. 1993년엔 목포시립도서관이 주최하는 제1회 목포시민 백일장대회가 열리기도 했다. 1995년 4월 15일에는 문학과지성사 김병익 대표를 비롯한 김현문학비건립위원회 주최로 향토문화관 뜨락에서 김현 문학비 제막식이 있었으며, 전날인 4월 14일에는 이를 기념하는 전야제 형식의 '목포문학의 밤'이 열렸다. 이 밖에 각종 시낭송회, 문학의 밤, 문학 세미나 등이 다채롭게 열렸다.

2) 주요 문인 활동

(1) 황현산-탁월한 번역가이자 문학평론가

황현산(黃炫山, 1945~2018)은 목포에서 태어나 문태고등학교를 거쳐 고려대학교 불어불문학과를 졸업하고 동 대학원에서 석사학위와 박사학위를 받았다. 고려대학교 불어불문학과 교수로 재직하던 1982년 번역서 생텍쥐페리의 『어린 왕자』와 1984년 파스칼 피아의 『아뽈리네르』를 펴내면서 번역가로 활동을 시작했으며, 1990년 문예진흥원이 펴내는 『문화예술』에 번역론을 써서 발표하면서 뒤늦게야 문학평론가로 등단했다. 그런 의미에서 그는 늦깎이이자 등단이라는 요식행위를 거치지 않은 문인의 전형이다. 이후 왕성한 저술 활동으로 김현 이후 한국이 낳은 최고의 평론가로 평가받고 있다. 2012년 제22회 팔봉비평문학상, 제20회 대산문학상을 수상했다. 한국번역비평학회 명예회장과 한국문화예술위원회 위원장으로 활동하던 중 2018년 지병으로 타계했다.

황현산은 여러 모로 동향의 선배 평론가인 김현과 겹치는 점이 많다. 목포 문태고등학교와의 인연이 있는 점이 그렇고(김현은 잠깐 입학했다가 그만 두었음), 일찍부터 목포를 떠나 서울에서 활동했기에 뒤늦게야 목포 문단에 알려진 점이 그렇고, 프랑스문학[71]을 전공한 번역가이자 평론가라는 점이 그렇다. 특히 두 사람은 문체에 있어서 좋은 대비가 된다. 김현이 명료하고 아름다운 문체로 비평을 창작에 기생하는 장르가 아니라 독자적인 문학 장르로 끌어올렸다면, 그는 "진실을 꿰뚫으면서도 해석의 여지와 반성의 겨를을 누리는 새로운 문체"로 독자들로 하여금 지적이면서도 다층적 사고를 하도록 유도한다는 특징이 있다.[72]

그가 펴낸 저서들은 대부분 2000년대 이후에 집중되어 있는데, 평론집으로 『말과 시간의 깊이』(2002), 『잘 표현된 불행』(2012)이 있으며, 번역서로 스테판 말라르메의 『시집』(2005), 드니 디드로의 『라모의 조카』(2006), 발터 벤야민의 『보들레르의 작품에 나타난 제2제정기의 파리/보들레르의 몇 가지 모티프에 관하여 외』(2010)와 공동번역서 기욤 아폴리네르의 『알코올』(2010), 앙드레 브르통의 『초현실주의 선언』(2012), 샤를 피에르 보들레르의 『파리의 우울』(2015), 앙투안 드

---

[71] 1960년대 이후 광주를 비롯한 전라도 문학이 현실비판적인 리얼리즘 성향이 강했던 것에 비해 목포문학은 출발점부터 다른 성향을 보인 점이 흥미롭다. 표현주의 희곡을 썼던 김우진이 그렇고, 프랑스 상징주의 시에 경도되었던 최하림이 그렇고, 역시 프랑스 문학을 전공했던 김현과 황현산의 평론이 그렇다.

[72] 박상미, 「황현산·정산, 한국에서 유일한 '평론가 형제'」, 『주간경향』 1126호, 2015년 5월 19일. 문단에서는 이 두 사람의 평론 문체를 각각 '김현체'와 '황현산체'로 별칭하고 있다.

생텍쥐페리의『어린 왕자』(2015), 샤를 피에르 보들레르의『악의 꽃』(2016)이 있다. 또 산문집으로 한때 인구에 회자됐던『밤이 선생이다』(2013),『우물에서 하늘 보기』(2015)가 있다.

(2) 김재석 - 다산성의 시인

김재석(金在碩, 1955~)은 전남 강진에서 태어나 1982년 전남대학교를 졸업하고 목포 마리아회고 교사로 부임한 이후 지금껏 목포에 살고 있는 시인이다. 1990년『세계의 문학』으로 등단했으며, 2008년엔『유심』에 시조가 당선되기도 했다.『까마귀』등 10여 권 이상의 시집을 단시간에 펴내어 다산성의 시인으로 알려져 있다. 시조집으로는『내 마음의 적소, 동암』(필명-김해인)이 있다. 지금은 전업시인으로 창작에만 전념하고 있다.

(3) 김선태 - 목포시단의 아웃사이더

김선태(金善泰, 1960~)는 전남 강진에서 태어나 1980년 이후 지금껏 목포에 살고 있는 시인이자 평론가이다. 1993년『광주일보』신춘문예에 시,『현대문학』에 시와 평론으로 등단했으며, 시집으로『동백숲에 길을 묻다』등 7권, 평론집으로『풍경과 성찰의 언어』등 2권을 출간했다. 그는 목포에서 문단 활동과는 거리를 둔 대신 목포대학교 평생교육원, 목포문학관 등에서 시창작반을 열어 목포 문단의 새로운 문학층 양성에 힘쓰고 있다. '목포시단의 아웃사이더' 혹은 '목포 문단의 쓴소리'로 불린다. 영랑시문학상, 시작문학상, 송수권시문학상 등을 수상했으며, 중학교 3학년 국어교과서(미래엔), 고등학교 문학교과서(비상), 고등학교 1학년 국어교과서(천재교육)에 시 3편이 수록되기도 했다. 계간『시와 사람』 편집주간, 계간『내일을 여는 작가』 편집위원 등을 역임했으며, 현재 목포대학교 국문과 교수로 재직 중이다.

(4) 황정산 - 등단제도 거부한 평론가이자 시인

황정산(黃正山, 1958~)은 목포에서 태어나 문태고등학교와 고려대학교 불문학과 및 같은 대학원 국문학과를 졸업한 문학평론가이자 시인이다. 등단과정을 거치지 않은 채 1994년『창작과비평』에 평론을, 2002년『정신과 표현』에 시를 발표하면서 문단 활동을 시작했다.『작가론 김수영 총서』,『쉽게 쓴 문학의 이해』,『주변에서 글쓰기』 등을 펴냈다. 부드러운 외모에 비해 날카로운 비평가로 알려져 있으며, 평론가 황현산의 동생으로서 같은 길을 가고 있다. 대전대학교 교양교육원 교수를 지냈으며, 현재 월간『우리詩』부주간, 계간『애지』 편집위원 등을 맡고 있다.

(5) 서영채 - 김현과 비견되는 목포 출신 평론가

서영채(1961~)는 목포에서 태어나 서울대학교 국어국문학과와 같은 대학원에서 박사과정을 졸업한 문학평론가이다. 황현산·황정산처럼 등단과정을 거치지 않은 채 1990년대 중반에 문예지 등에 문학평론을 발표하며 문단 활동을 시작했다. 그는 비록 목포 문단과의 인연이 전무하여 생소하지만, 김현과 비교될 정도로 따뜻하고 아름다운 문체와 치밀한 비평 논리로 1990년대부터 이어진 한국의 비평 침체기에 활력을 다시 불어넣었다고 평가받고 있다. 『소설의 운명』, 『문학의 윤리』 등을 펴냈으며, 2005년 올해의 예술상 문학부문을 수상했다. 현재 서울대학교 아시아언어문명학부 교수로 재직 중이다.

3) 주요 문학 활동

(1) 목포민예총 문학위원회 출범

1993년 12월 목포민예총 문학위원회(초대 위원장-김주완)가 "민족문학과 지역문학의 중흥과 창달"을 내걸고 출범함으로써 지금껏 목포문인협회 중심이었던 문학 단체가 좌우 균형을 맞추게 됐다. 강흐들, 김주완, 유종화, 이기봉, 문영란, 김성호, 이수행, 박관서, 고운, 김승필, 최정윤, 정경이 등 젊은 작가들을 중심으로 구성된 목포민예총 문학위원회는 매년 여름 대반동 해수욕장에서의 해변시 낭송회와 남도 푸른시 낭송회를 개최했으며, 1995년에는 연간문예집 『민예』와 『민족문학회보』를 발간했다. 2019년 현재는 목포민예총을 탈퇴하여 (사)광주·전남작가회의 목포지회로 활동 중이다.

(2) 김현 문학비 제막식 및 기념 전야제

1990년 48세라는 짧은 나이로 타계한 불세출의 목포 출신 평론가 김현을 기리기 위한 김현 문학비 제막식이 문학과지성사 김병익 대표를 비롯한 김현문학비건립위원회 주최로 1995년 4월 15일 향토문화관 뜨락에서 열렸다. 전날인 4월 14일에는 이를 기념하는 전야제 형식의 '목포문학의 밤'이 목포 MBC 공개홀에서 열렸다. 이날 행사에는 김지하, 최하림 시인의 문학 강연과 황동규, 황지우, 김혜순 시인 그리고 목포 거주 시인들의 시낭송회가 있었다. 아울러 제막식이 끝난 후 김병익 대표는 목포문학 중흥을 위해 창작기금 1천만 원을 목포문협에 전달했다.

(3) 영·호남문학인대회 개최

1996년 11월 30일 광주·전남민족문학작가회의와 목포민족문학작가회의가 주관하는 영·호남문학인대회가 남경문화회관에서 성대하게 열렸다. 영남과 호남 문인들의 상호 교류와 우의를 다지기 위한 이 문학인대회는 목포에서 처음으로 개최되었다는 역사적인 의미가 있다.

(4) 각종 시 낭송회 등 활발

1990년대는 각종 시 낭송회 등이 유독 활발히 열려 시 낭송 붐이 일어난 시기였다. 1990년 흑조시동인회가 1월 '신년시의 밤', 7월 '흑조 시낭송회', 12월 '시의 밤', 12월 '25주년 송년시의 밤' 등을 잇달아 열었다. 1991년 8월 전남시인협회가 '해변 시낭송회'를, 1994년 10월 목포시문학회가 '시와 함께 시인과 함께' 시 낭송회와 11월 시의 날 기념 '목포시낭송회'를 각각 열었다. 1996년 8월에는 목포문협과 전남시협 공동 주최로 '시로 찾아가 보는 목포의 뱃길 백리' 선상 시 낭송회를, 5월 전남 청소년 시낭송회와 시울 문학동인회가 시 낭송회를 열었다.

이 밖에 1991년 목포지역 방송통신대 재학생들로 구성된 글문학회

'터'(회장-원순주)가, 1996년 이혜용, 안정배, 홍미희 등 목포대학교 국 문과를 졸업한 젊은 문인들이 문학회 '뻘'을 각각 창립했다.

(5) 「목포 출신 시인 산책」 연재

1999년 10월부터 2000년 6월까지 8개월 간 김선태 시인이 목포시 단 80년을 진단하고 침체에 빠져 있는 목포 문단의 새로운 변화를 촉 구하는 「목포 출신 시인 산책」을 『주간목포』에 연재했다. 목포 출신 주요 시인 25명을 선정하여 그들의 대표시를 중심으로 시세계의 면모 를 촌철살인의 언어로 파헤친 이 연재물은 목포시단에 적잖은 파장을 불러일으켰다. 아무도 건드리지 못한 목포 문단의 폐쇄성에 예리한 칼날을 들이댐으로써 건전한 비평문화 조성에도 기여했다는 평가를 받았다.

(6) 시인학교 개교·『문학과세상』 창간

1997년 목포민예총 문학위원회가 목포지역의 젊은 시인들 중심으 로 문학아카데미를 통해 지역문학 활성화를 도모하기 위해 '시인학 교'(학교장-김선태)를 열었다. 1999년에는 명칭을 '문학아카데미'로 변 경하고 제1회 시창작 아카데미를 개최했다. 1999년 12월에는 기관지 『문학과세상』 창간호를 펴냈는데, 2003년부터는 격년 간 『목포작가』 로 제호를 변경하여 오늘에 이르고 있다.

4) 등단 문인

조기호(『조선일보』-동시), 김재석(『세계의문학』-시), 장근양(『스포츠서울』 -추리소설), 이생연(『문학세계』-시), 김선태(『광주일보』·『현대문학』-시, 평론), 정순열(『세계일보』-희곡), 우영숙(『동양문학』-수필), 고복록(『문학세계』 -시), 최완복(『월간문학』-시), 이태웅(『한국시』-시), 최추자(『한국시』-시), 고규석(『경향신문』-시조), 강성상(『한국시』-시), 박주익(『시세계』-시), 고재 복(『문학춘추』·『시세계』-시), 이윤정(『문예한국』-시), 장희(『광주일보』-시), 박관서(『삶, 사회 그리고 문학』-시), 강흐들(『시세계』-시), 안효순(『한겨레문 학』-시), 이수행(『광주일보』-시), 최훈주(『우리문학』-시), 유종화(『시인과사 회』-시), 김영균(『우리문학』-시), 김희저(『창조문학』·『세계일보』-소설), 김영 진(『우리문학』-평론), 김영천(『문학세계』·『한국시』-시), 김혜경(『문학춘추』· 『한국시』-시), 박행자(『한국시』·『해동문학』-시), 안정환(『문학춘추』·『순수문 학』·『시문학』-시), 고정선(『시세계』-시), 이명길(『문학춘추』-시), 박미경(『우 리문학』-시), 유용남(『시세계』-시), 임용운(『겨레시조』-시조), 강영애(『문학 춘추』-시), 서재복(『문학21』-시), 김용원(『세기문학』·『문학춘추』-시), 김문 옥(『창조문학』-시), 박시린(『한국시』-시), 전상동(『아동문학』-동시), 김병남 (『한국시』-시), 권기태(『아동문예』-동시), 정대성(『아동문예』-동시), 김상근 (『문학춘추』·『순수문학』-시), 김동하(『한겨레문학』-시), 신화금(『시문학』-시), 유태원(『문학세계』-시), 서영호(『문학세계』-시), 최현규(『문학춘추』-시), 최 기종(무크지-시), 박남인(『노둣돌』·『시대문학』-시), 안정배(『전남일보』-시), 김화영(『창조문학』-시), 강영애(『문학춘추』-시), 김순의(『문학춘추』-시), 이 미경(『시와사람』-시), 이순희(『문학춘추』-시), 김병화(『문학21』-시), 김문희

(『문학시대』-소설), 김소남(『아동문학』-동시), 김동길(『문학춘추』-시), 전상동(『아동문학』·『한국시』-동시, 시), 전경란(『지구문학』-시), 강경숙(『세기문학』-시), 정인태(『지구문학』-시) 등.

9. 2000년대 이후 – 세대교체와 변화의 새바람

1) 개관

새로운 천년의 시작 초반인 2000~2019년까지는 정보매체와 인공지능의 발달로 인한 변화의 시대로 요약된다. SNS와 인터넷 등을 통해 모든 정보와 의사소통이 전방위적으로 이루어짐에 따라 서울과 지역의 경계도 무의미하게 되었다. 목포에도 많은 변화의 조짐이 일어났다. 대불공단과 신항만이 조성되었고, 전남도청의 이전 등으로 인해 도심이 하당이나 남악으로 옮겨가게 되었다. 예술의 거리가 조성됨에 따라 문화의 중심도 오거리 일대에서 갓바위 일대로 이동하게 되었다. 초·중반기에 활동했던 문인들도 대부분 작고하게 되면서[73] 목포 문단도 자연스럽게 세대교체가 이루어졌다. 1970년대 이후 오랜 침체가 계속되었던 목포문학도 바야흐로 암중모색을 통한 새로운

---

[73] 2000년대 들어 유명을 달리한 문인들도 많았다. 예술원회장을 지낸 한국사실주의 연극의 완성자 차범석 극작가가 유명을 달리했고, 이생연·최일환·김종두·최병두·김동하 시인 등도 세상을 떠났다. 2015년 현재 생존 원로 문인은 수필가 김학래, 시인 최재환, 시인 이영식 정도이다.

변화의 시기를 맞게 된 것이다.

변화의 바람은 문학과 관련한 여러 가지 주변 여건이 달라지는 데서부터 시작되었다. 먼저, 기존의 막연한 호기심이나 취미의 글쓰기에서 탈피하여 전문적이고 체계적인 학습과 방법론을 터득하여 글을 쓰기 위한 각종 문예창작 강좌가 속속 개설되었다. 목포대학교 평생교육원 현대시·동시·시조·수필 창작반을 비롯하여 목포시인학교, 목포문학관의 문예대학 시·소설·시조 창작반, 목포공공도서관 바다문학교실 등이 그것이다. 이를 통해 목포 문단의 미래를 예비하는 문학지망생과 등단 문인(중고 문인)이 크게 늘었지만, 젊고 가능성이 있는 신인들이 드물다는 점은 아쉬운 일이라 하겠다.

중앙 문인을 초청하여 특강이나 강연을 듣는 등 중앙 문단과의 교류도 활발하게 이루어졌다. 특히 예술의 거리 조성과 더불어 전국 최초의 복합문학관인 목포문학관이 개관하여 다양한 프로그램을 운영하고, 목포문화재단과 전남문화관광재단이 설립되어 문학인들의 창작과 문학 단체별 행사 지원이 가능하게 되었다. 목포시가 직접 운영하는 목포문학관에서는 목포문학상을 제정·시상함은 물론 매년 김우진문학제, 박화성문학페스티벌, 김현문학제, 차범석연극공연을 개최하고, (재)목포문화재단에서는 격년 문학작품집 『문학목포』와 기관지 『예항』을 발간하게 되었다. 2001년엔 목포민예총 문학위원회가 (사)민족문학작가회의 목포지부(현 목포작가회의)로 공식 출범하였고, 2007년에는 (사)한국작가회의 소속 광주·전남작가회의 목포지회로 개명되었다.

그리고 특기할 만한 점은 1990년대에 이어 시낭송단체와 시낭송가가 대폭 늘어났으며, 이들 단체가 개최하는 시낭송회가 시시때때로 열려 시의 생활화와 대중화에 크게 기여하였다는 점이다. 또한 시조로 등단한 문인들이 많이 나타나 시조문학의 붐이 일어나기도 하였다. 따라서 2000년대 이후부터는 목포문학이 오랜 침체의 늪에서 빠져나와 새로운 도약을 하기 위한 도전과 욕구가 그 어느 때보다 다채롭게 분출한 시기였다고 할 수 있다.

2) 주요 문인 활동

(1) 정경진 - 2000년대 목포 희곡의 기대주

정경진(1965~)은 목포에서 태어났다. 2002년 『문학21』에 동화와 수필로 신인상을 수상했고, 2008년 『전남일보』 신춘문예에 희곡이 당선되면서 등단한 희곡작가이자 소설가이다. 목포 MBC 방송작가로 활동하면서 극작가이자 소설가, 연극 대본 및 시나리오 작가, 스토리텔링 작가 등 다양한 분야에 걸쳐 활발한 활동을 벌이고 있다. 차범석 이후 이렇다 할 만한 극작가가 나오지 않고 있다는 점에서 그녀는 목포 희곡문학의 새로운 기대주이다. 장편소설 『푸르른 날에』, 희곡집 『붉은 꽃 푸른 메아리』 등을 펴냈으며, 제3회 차범석 희곡상과 목포문학상 희곡부문 본상 등을 수상했다.

(2) 박성민 - 2000년대 목포 시조의 가능성

박성민(朴誠玟, 1965~)은 목포에서 태어나 문태고등학교와 목포대학교 국문과를 거쳐 중앙대학교 문창과 대학원을 졸업했다. 2002년 『전남일보』 신춘문예에 시가, 2009년 『서울신문』 신춘문예에 시조가 당선되면서 등단한 시인이다. 시조집으로 『쌍봉낙타의 꿈』 등이 있으며, 제2회 천강문학상 우수상, 가람시조문학상 신인상을 수상했다.

3) 주요 문학 활동

(1) '목포작가회의' 공식 출범

2000년 3월, 목포민예총 문학위원회가 사단법인 민족문학작가회의 목포지부(약칭-목포작가회의) 창립준비위원회(위원장-김선태, 사무국장- 이수행)를 결성한 이후 2001년 11월 공식 출범하게 되었으며, 2007년 11월엔 재차 개명하여 사단법인 한국작가회의 광주·전남지회 산하 목포지부(초대 지부장-유종화, 사무국장-박관서)로 새 출발하게 되었다. 이로써 목포작가회의는 기존 등록되어 활동하던 목포 문인 10여 명에 무안, 신안, 영암, 함평, 진도 등 서남권 지역의 문인 30여 명을 합하여 총 40여 명으로 구성된 진보 문인단체가 되었다.

목포작가회의는 2002년에 제1회 도서지역 청소년 문학워크숍, 4.8 독립만세운동을 기념 제1회 전국청소년백일장, 5.18민중항쟁 추모 거리시화전, 제1회 다도해여름문학학교, 제1회 섬 지역 찾아가는 문학교실 등 다채로운 문학행사를 펼쳤다. 2003년 12월에는 기관지 『문학과 세상』과 2005년 청소년 문학지 『다도해 푸른작가』를 창간하고 4호까지 발간하였다. 2007년부터는 김현문학축전을 매년 주관하고 있으며, 2006~08년엔 전국 간이역 시노래 콘서트, 2013~16년엔 대전부르스와 목포의 눈물 백년의 만남전(대전작가회의와의 문인교류대회), 1999년부터 문학아카데미 등 활발한 활동을 벌이고 있다.

(2) 문예창작강좌 개설·중앙문단과의 교류 활발

1996년 목포대학교 평생교육원 현대시 창작반(지도-허형만, 김선태)을 시작으로 일상의 글쓰기(지도-이훈)·동시 창작반(지도-조기호)·시조 창작반(지도-유헌)이 차례로 개설되었다. 그리고 1999년에는 문학아카데미(지도-목포작가회의), 2004년에는 목포시인학교(지도-허형만, 김선태), 2007년에는 목포문학관의 문예대학 시·소설·시조 창작반(시-김선태·김재석, 소설-천승세, 시조-박성민), 2014년 목포공공도서관 마린창작동아리(지도-김선태, 곽의진, 이대흠) 등이 지속적으로 개설되면서 전문적이고 체계적인 문학창작학습이 가능하게 됐다. 이들 강좌는 목포 문단의 새로운 문학층 양성에 크게 기여하였다. 또한 이들 강좌에서 초청한 고은, 김지하, 김병익, 황현산, 황동규, 김광규, 이근배, 오세영, 정과리, 이숭원, 김사인, 이문재, 문태준, 함민복 등 서울의 유명 문인들이 수시로 목포를 방문함에 따라 목포 문단과 중앙문단의 소통과 교류가 활발하게 이루어졌다.

(3) '목포문학관' 개관·'목포문화재단' 창립

2007년 10월 9일, 목포시가 목포의 문학적 전통을 보전·계승하기 위해 전국 최초의 복합문학관인 목포문학관을 지어 개관했다. 예술의 거리 언덕(목포시 남농로 95)에 들어선 목포문학관은 원래 1991년 개관한 박화성문학기념관을 현재 장소로 옮기고, 여기에 목포 출신 작고 문인 김우진·차범석을 추가하여 3인실로 확장한 것이다. 2010년에는 김현을 새로 추가하여 2019년 현재 4인실로 운영되고 있다. 또한 문학체험실, 세미나실, 문학창작실, 문학인 사랑방 등을 갖추고 목포

목포문학관 전경

문학의 센터 역할을 충실히 수행하고 있다. 앞으로도 김지하, 최하림, 황현산 등 문학관에 들어가야 할 문인들이 많아 추가 증축해야 할 것으로 보인다. 목포문학관은 2008년부터 문예대학을 개설·운영한 것을 비롯하여 김우진문학제(주관-김우진연구회), 박화성문학페스티벌(주관-박화성연구회), 김현문학제(주관-목포작가회의), 차범석연극공연을 매년 개최하고 있으며, 2009년부터는 목포문학축전과 목포문학상을 제정·시상하는 등 다양한 프로그램을 운영하고 있다.

한편, 2006년에는 (재)목포문화재단이 창립(초대 이사장-정종득)되어 문인을 포함한 문화예술인들의 창작활동과 문화행사를 지원하게 되었다. 오거리문화센터(구 동본원사) 옆에 별채를 지어 들어선 목포문화재단은 그간 목포문화의 달 행사를 개최하는 등 다양한 문화행사를 펼쳐왔으며, 2011년부터 격년으로 문학 작품집 『문학목포』를 발간해오고 있다.

(4) '목포문학상' 제정·시상

2009년 목포문학의 빛나는 전통을 계승하고 한국문단을 이끌어갈 참신한 신인 발굴을 목적으로 한 목포문학상이 제정·시상됐다. 이로써 목포시는 국내에서 도시의 이름이 들어간 몇 안 되는 문학상을 보유하게 됐다. 목포시가 주최하고 목포문학관이 주관하는 이 문학상은 처음엔 총 6개 분야(시, 단편소설, 희곡, 문학평론, 동화 혹은 동시, 수필)로 나누어 전국의 미등단자 및 등단 5년 이내 신인을 대상으로 공모하였는데, 2015년부터 5개 분야(문학평론 제외)로 축소하고, 본상(전국 대상)과 남도작가상(전라남도 대상)으로 상을 구분하였으며, 상금도 대폭 확대하였다. 특이한 점은 목포문학상만의 독창성을 살리기 위해 응모작을 목포권 관련 소재(역사, 문화, 자연 등)로 제한하고 있다는 점이다.

(5) 시조시인 대거 등단

2000년대 들어 목포 문단에 시조문학의 붐이 일어났다. 그동안 근대문학도시인 목포에 한시를 하는 문학단체인 '목포시사'가 존속해온 것은 사실이지만, 시조를 쓰는 시인들이 손으로 꼽을 만큼 드물었다는 점을 감안할 때 이는 반갑고 이례적인 현상이다. 대부분 다른 분야에서 활동하다가 시조로 다시 등단한 사람들이 상당수여서 더욱 그렇다. 2000년대 들어 등단한 시조시인은 다음과 같다. 김재석(2008년『유심』신인문학상), 박성민(2009년『서울신문』신춘문예), 오천수(2010년『시조시학』), 유헌(2011년『월간문학』신인상·2012년『국제신문』신춘문예), 강성희(2012년『시조시학』), 용창선(2015년『서울신문』신춘문예).

(6) '박화성문학전집' 등 발간

2004년 목포 출신 대표문인의 표상이자 한국여성소설의 대모로 불리는 『소영 박화성의 문학전집』이 초당대학교 서정자 교수(박화성연구회장)에 의해 푸른사상사에서 전 20권으로 집대성되었다. 2019년에는 목포문학관이 『차범석전집』전 12권도 태학사에서 발간하였다.

(7) 시낭송 단체 증가 및 시낭송의 생활화

1990년대부터 시낭송회가 자주 열리는가 싶더니 2000년대 들어서자 아예 전문 시낭송 단체가 여럿 생기고 시낭송 관련 행사가 헤아릴 수 없이 열리고 있다. 이는 시의 대중화 및 생활화를 위한 전국적인 현상이긴 하지만, 2000년대 들어 목포가 유독 그렇다. 마치 시낭송 붐이 일어난 듯하다.

2019년 현재 목포에서 활동하고 있는 시낭송 단체로 '전남재능시

전남재능시낭송회 재능기부 낭송

낭송회'(회장-이소라), '목포소리꽃세상'(회장-이미란), '아리랑시낭송회'(회장-정서경) 등이 서로 경쟁하듯 활발한 활동을 펼치고 있으며, 이들 단체를 통해 낭송가로 데뷔한 사람도 부지기수다. 또한 목포시문학회가 1996년부터 열어온 '선상시낭송회'를 비롯한 목포공공도서관의 '찾아가는 시낭송회', 목포작가회의의 '전국 간이역 시 노래 콘서트' 등 무수한 시낭송회가 시시때때로 열렸다.

(8) 문학동인회 '창'·'시아문학회'·'유달문학회' 등 창립

1994년 모임을 시작했던 '글사랑' 동인(강영애, 김영란, 김화영, 서두인, 서경자, 이미경, 이순남 등)이 2001년 그 명칭을 '창' 문학동인회로 바꾸고 새롭게 활동을 재개했다. 이들은 1997년 동인지『글사랑』을 펴낸 이후 2015년 현재 제18집까지 발간하고 있다.

2011년 문학카페 '시와 찻잔 사이'를 결성했던 오형록, 이상석, 이순애, 최재길 등이 2012년 공식 명칭을 문학동인회 '시아문학'으로 변경하고, 2013년부터『시아문학』을 매년 발간하고 있다. 또한 이들은 찾아가는 시낭송회, 시화전, 문학기행 등 다채로운 활동도 펼치고 있다.

2014년에는 예향 목포가 낳은 훌륭한 문인들의 문학정신을 이어받고, 이 지역의 청소년들에게 문학의 꿈을 심어주기 위한 목적으로 '유달문학회'가 결성됐다. 이영식, 김호남, 김수기, 조기호 등 12명으로 구성된 이 동인회는 목포청소년문학상 백일장대회를 운영하고, 문학동인지『유달문학』을 발간하는 등 활발한 활동을 펼치고 있다.

2016년에는 목포문학관 시창작반 수강생들이 동인회 '시창'을 결성하고, 매년 동인지『시창』을 발간해오고 있다.

(9) 서산동 '명품시화골목' 조성

2015년 목포대학교 도서문화연구원이 인문도시목포사업(단장-강봉룡 교수)의 일환으로 목포의 대표적인 어민촌이자 달동네인 서산동에 명품시화골목을 조성했다. 목포의 시인들(책임-김선태)과 화가들(책임-정태관)이 서로 만나 서산동과 온금동을 테마로 조성한 이 시화골목은 사업 1차년도인 2015년에는 주로 목포문인협회 소속 시인들이 쓴 시를(첫 번째 골목), 2차년도인 2016년도엔 목포작가회의 소속 시인들과 주민들의 짧은 생애담을(두 번째 골목), 3차년도인 2017년도엔 목포 출신 작고 시인들의 시를 전시하고 있다. 영화 '1987'의 촬영지인 인근 연희네 슈퍼와 명품시화골목의 완성으로 근천스럽다고 재개발지역으로 낙인찍힌 서산동 골목 일대가 통영의 '동피랑'에 버금가는 목포의 문화관광의 명소로 재탄생했다.

4) 등단 문인

정경란(『광주매일』·『무등일보』·『시와사람』-시), 한보리(『문학과세상』-시), 안오일(『전남일보』-시, 『푸른문학』-동화), 김창묵(『한울문학』-시), 임점호(『문예사조』-수필), 강해자(『대한문학세계』-시), 윤경관(『문학과의식』-시), 서은철(『현대문예』-시), 김경애(『문학과의식』-시), 고미선(『문학마을』-시), 김혜자(『서울문학』-시), 김향숙(『한울문학』-시), 박준상(『지구문학』-시), 정정길(『신동아』-논픽션), 강경숙(『세기문학』-시), 김준귀(『한울문학』-시), 김찬율(『문학춘추』-수필), 유종(『문학』·『광주전남작가』-시), 김성호(『호남신문』-시), 임혜주(『무등일보』-시), 정경이(『전남일보』-시), 유헌(『월간문학』·『국제신문』-시조), 박승자(『광주일보』·『시안』-시), 박애경(『아동문예』-동시, 『시와경계』-시), 정경진(『전남일보』·『차범석희곡상』·『목포문학상』-희곡), 박창복(『서정과상상』-시), 백정희(『농민신문』-소설), 강성희(『시조시학』-시조), 김충경(『인간과문학』-시), 김희정(『문학춘추』-시), 조대현(『한국평화문학』-시), 김진호(『서정과상상』-시), 이순애(『한국수필』-수필), 박성민(『서울신문』-시조), 김경수(『4.3문학상』-시), 유영곤(『불교문예』-시), 박미경(『정신과표현』-시), 조대현(『삶이 보이는 창』-시), 김선숙(『삶이 보이는 창』-시), 정영숙(『시와사람』-시), 문영란(『문학세계』-시), 정성숙(『한국소설』-소설), 양승희(『목포작가』·목포문학상-수필), 양원(『시와문화』-시), 이혜정(목포문학상-소설), 김대호(『목포작가』-시), 김화영(『창조문학』-시), 김재영(『시와사람』-시), 김수형(목포문학상-시) 등.

참고문헌

1. 자료

목포백년회, 『목포 100년의 문학』, 올뫼, 1997.

목포백년회, 『목포 개항 백년사』, 올뫼, 1997.

목포문인협회, 『목포문학』 제3호~제5호, 1974~1978.

목포시문학동인회 작품집 제29호, 『거미줄에 달린 맑은 구슬』, 도서출판
　　　　한림, 2015.

목포예술인총연합회, 『목포예총』 창간호, 1979.

목포작가회의, 『목포작가』, 2004.

『김우진 작품선집 02-김우진 시선집』, 작가와비평, 2013.

『목포시사』, 1980~1997.

『목포풍아집』, 목포시사, 1965.

『시아문학』 제3호, 심미안, 2015.

『시정신』 창간호, 항도출판사, 1952.

『주간목포』, 1999.10.~2000.6.

『친일반민족행위진상규명보고서 Ⅳ-16』: 친일반민족행위자 결정이
　　　　유서

『호남평론』, 1935.4.~1937.8.

『흑조』 창간호, 흑조시인회, 1966.

2. 연구논저

권정희, 「문학의 상상력과 '공상'의 함의-김우진의 『공상문학』 연구」,
『한국극예술연구』 39호, 한국극예술학회, 2013.

고석규, 「근대도시 목포의 대중문화를 통해 본 식민지 근대성」, 『지방사
와 지방문화』 제9권 1호, 2006.

고석규, 『근대도시 목포의 역사 공간 문화』, 서울대학교출판부, 2004.

권영민, 『해방직후의 민족문화운동연구』, 서울대학교출판부, 1986.

김병고, 「오거리 애환과 화랑, 화방에 부쳐」, 『목포예술인들의 빛과 그림
자』, 목포투데이신문사, 2008.

김선태, 「목포권 문학의 어제와 오늘-목포문학의 실태와 발전방안을
중심으로」, 『도서문화』 제37호, 목포대학교 도서문화연구원,
2011.

김지하, 『모로 누운 돌부처』, 도서출판 나남, 1992.

박상미, 「황현산·정산, 한국에서 유일한 '평론가 형제'」, 『주간경향』
1126호, 2015.5.19.

박화성, 「나의 교유록」, 『동아일보』, 1981.1.5.~2.28.

이서진, 『동인지 『산문시대』 연구』, 이화여자대학교출판부, 2010.

이일영, 「예술혼을 위하여(237)-예향 목포의 인물 이야기」, 브레이크뉴
스, 2019.2.16.

장석주, 「장석주의 '한국문단 비사'(28)-문학평론가 김현(上)」, 『한

국경제』, 2002.11.29.

전남문학백년사업추진위원회, 『전남문학변천사』, 1997.

정태영, 『박화성과 이난영, 그들의 사랑과 이즘』, 뉴스투데이 출판사,
      2009.

정태영, 『문학실천가 김우진을 다시 읽다』, 뉴스투데이 출판사, 2011.

한국문학평론가협회 편, 『문학비평용어사전』(상), 국학자료원, 2006.

한국지역문학인협회, 『광주전남문학통사』, 2011.

허소미, 「김우진의 시에 대하여」, 『문학춘추』, 2014년 가을호.

『한국민족문화대백과사전』, 한국학중앙연구원, 1991.

『한국여성문인사전』, 태학사, 2006.

3. 기타

목포여자고등학교 총동문회 카페(http://i1.daumcdn.net/cafeimg/
      cf_img2/img_blank2.gif)

이동순, 「한국시단의 등뼈 同人/신문학·시정신」(http://cafe.daum.net/
      youngsangangcafe)

목포해양문학의
흐름과 과제

1. 문제의 제기

이 글은 목포지역 출신 작가들의 해양 관련 문학작품을 추출하여 그 흐름과 작품세계를 살펴봄으로써 앞으로 항도 목포가 한국해양문학의 한 거점도시로 부상하기 위해 해결해야 할 과제를 제시하는 데 목적이 있다.

올해로 개항 122주년(1897년 개항)을 맞이한 목포는 도시의 규모나 역사의 일천함, 그리고 한반도 서남부 끄트머리인 변방에 자리하고 있다는 지정학적 위치의 불리함에도 불구하고 이 땅을 대표하는 예술가들[1]을 다수 배출함으로써 명실상부한 호남의 예향으로 불려왔다.

---

[1] 김환기(서양화가), 허건(남종화가), 이매방(승무가), 최청자(현대무용가), 장주원(옥돌공예가), 김성옥(연극인), 김길호(연극인), 이난영(대중가수), 남진(대중가수), 조미미

여러 예술 분야 중에서도 김우진(극작가), 박화성(소설가), 차범석(극작가), 천승세(소설가 겸 극작가), 이가형(추리소설가), 최일수(문학평론가), 권일송(시인), 최하림(시인), 김지하(시인), 김현(문학평론가), 황현산(문학평론가) 등 걸출한 문인들을 다수 배출한 문학 분야의 성과는 두드러진다고 할 수 있다. 특히 이들이 우리 현대문학사에서 차지하고 있는 현저한 위치[2]를 감안한다면 목포를 제외하고 한국문학을 논의할 수 없을 정도라고 해도 과언은 아닐 것이다.

이렇듯 목포가 단시일에 문학적으로 발전할 수 있었던 이유나 배경에는 여러 가지가 있겠지만, 다른 무엇보다도 다도해의 모항으로서 수려한 해양지리적 환경과 독특한 문학적 분위기를 갖추고 있었다는 사실을 빼놓을 수 없다. 그리고 이러한 해양지리적 환경과 문학적 분위기를 반영한 일정한 문학적 흐름이 지속적으로 존재해 왔다는 사실 또한 주목하지 않을 수 없다. 그 흐름의 중심에 목포 출신 작가들이 창작한 해양문학작품이 있다.

그러나 지금까지는 아무도 이러한 사실에 주목하지 않은 채 주먹구구식으로 목포문학사를 기술하거나 단편적으로 목포문학을 논의해 왔던 것이 사실이다. 그러다보니 목포문학의 정체성이나 방향성 같은

(대중가수), 김경호(대중가수), 오정혜(국악인), 오지호(배우), 박나래(코미디언) 등 이름만 들어도 알 수 있는 예술인들이 목포 출신이다. 더욱이 이 중에서 박화성, 차범석, 김환기, 허건, 최청자 등 5명은 명예로운 대한민국예술원 회원이기도 하다. 이는 국내 단일도시로는 전무후무한 기록에 해당한다.

2 이들 중 김우진은 '한국 극예술의 선구자', 박화성은 '한국여성소설의 대모', 차범석은 '한국 사실주의 연극의 완성자', 김지하는 '한국이 낳은 세계적인 시인', 김현은 '한국 평론 문학의 독보적 존재'로 불린다.

것이 전혀 규명되지 않은 채 근래에 들어 극심한 침체의 늪에 빠지게 되었던 것이다.

따라서 필자는 이러한 사실에 착안하여 지금껏 개별적으로 흩어져 있었던 목포지역 출신 작가들의 해양 관련 문학작품을 하나로 수렴하여 이들 작품의 일정한 흐름을 개략적으로 정리하고 그 작품세계의 양상을 고찰하고자 한다. 또한 이들 해양문학작품이 그간 목포문학의 근간을 형성해왔음을 밝히고, 앞으로 목포문학을 해양문학으로 특성화하기 위해 꼭 필요한 요건임을 밝히고자 한다. 그리하여 장차 목포가 한국해양문학을 이끌어갈 한 거점도시로 부상하는 데 미력이나마 보탬이 되고자 한다.

2. 해양문학의 개념 재검토

해양문학의 개념과 범위에 대한 논의가 시작된 지 올해로 38년[3]이 지났지만 여전히 확실하게 정립되지 않은 상태에 놓여 있다. 그런 상태에서 몇몇 부산지역 연구자들을 중심으로 한 개별적인 논의만 있어 왔다. 따라서 한국해양문학에 대한 연구는 아직도 걸음마 단계라고 할 수 있다. 필자는 목포지역 출신 작가들의 해양문학작품을 선정하기에 앞서 그 기준을 명확히 하기 위해 해양문학의 개념과 범위부터 재검토할 필요성을 느낀다.

---

3 해양문학의 개념에 대한 최초의 논의는 최강현의 「한국해양문학 연구」(『성곡논총』, 성곡학술재단, 1981)에서 비롯되었다.

먼저, 해양문학(海洋文學, Seafaring Literature 혹은 Marine Literature)에 대한 사전적 정의는 다음과 같다.

> 바다를 대상으로 쓰인 문학, 또는 바다가 작품 가운데서 주제로 된 문학.[4]
>
> 바다를 주요한 대상으로 하거나 바다를 배경으로 하는 문학, 사람도 등장하지만 주역을 맡은 〈바다〉라는 무대에 포섭된다.[5]

위에서 보듯이 해양문학의 골자는 '바다'이다. 그런데 이 바다라는 공간의 범주를 어디까지 보느냐가 문제이다. 그냥 바닷물이 펼쳐진 공간만으로 한정하느냐, 아니면 바닷물이 펼쳐진 공간에 공존하는 섬, 갯벌, 물고기, 항·포구, 어부, 배 등 제반 부속물이나 배경까지를 포함하느냐의 문제가 그것이다. 필자의 견해는 당연히 후자가 마땅하다고 생각한다. 인간의 삶이 빠진 바닷물만을 대상으로 한 문학은 아무런 의미나 존재가치가 없다고 판단하기 때문이다.

다음으로, 해양문학의 개념과 범주에 대한 선행 연구자들의 견해를 보자. 지금껏 해양문학의 개념과 범주에 대해 가장 적극적인 논쟁을 벌인 연구자는 최영호와 구모룡이다. 최영호는 해양문학의 개념을 "첫째, 바다가 작품 중에서 주제로 한 문학이고, 둘째, 바다를 주요 대상과 배경으로 하는 문학이고, 셋째, 바다에서 직접 취재한 문학이고, 넷째, 바다 그 자체만의 자연미가 대상이 되는 문학이고, 다섯째,

---

4 신기철·신용철, 『새 우리말 큰사전』, 삼성출판사, 1980, 3671쪽.
5 국어국문학자료사전 편집부, 『국어국문학자료사전』, 한국국어사전연구사, 1995, 3225쪽.

인간이 바다에 대한 동경이나 모험적 본능이 나타난 문학"[6]이라고 정의하면서 "진정한 해양문학은 어촌과 섬을 포함한 해양과 관련된 민요, 전설, 특이한 언어 등등의 풍속적인 면까지를 소재로"[7] 삼아야 한다고 주장한다. 이에 대해 구모룡은 최영호의 주장은 장르에 대한 엄밀성의 결여에서 생긴 것으로 해양문학은 어디까지나 하나의 관습적인 용어이지 장르적인 용어가 아니라면서 "해양시-해양체험이 지배적인 배경과 주제가 된 시. 해양소설-해양체험이 지배적인 배경과 주제가 된 소설"[8]이라는 '해양체험'을 요체로 한 정의를 내린다. 그리고 '해양', '배', '항해'라는 모티프가 해양문학을 구성하는 필수적인 3가지 요소인바, 해양문학의 범위를 수부(水夫)들의 해양체험을 문학화한 것으로 한정한다. 그리하여 근대 이후 진정한 한국의 해양문학작품은 원양어선 선장 출신 김성식의 시「청진항」등과, 같은 원양어선 선장 출신 천금성의 소설「지금은 항해 중」등뿐임을 부각시킨다.[9]

우선 최영호의 견해는 구모룡의 지적대로 그 범위가 다소 포괄적이고 소재주의적이긴 하나, 해양의 개념에 대양, 연안바다, 섬, 어촌, 해양 풍속 등 바다와 관련한 모든 요소를 포함하고 있다는 점에서 의미

---

6 최영호,「한국문학 속에서 해양문학이 갖는 위상」,『지평의 문학』, 1993 하반기호, 20-22쪽. 그러면서 최영호는 "해양을 단지 하나의 대상이나 주제로 본다는 것은 쉽지 않다. 왜냐하면 바다를 육지와 완전히 별개로 보기는 어렵기 때문이다. …바다와 그 주변 것들이 인간의 삶을 중심축으로 하여 독특한 삶의 체험을 아우르는 것이라기보다는 보다 총체적 관점에서 규명되어야 할 것이다. …그들의 삶을 통한 직접체험과 간접체험이 담긴 모든 형태의 문학의 장르가 그 영역이 될 수 있을 것이다."라고 그 범주를 부연 설명하고 있다.

7 위의 논문, 같은 쪽.

8 구모룡,『해양문학이란 무엇인가』, 전망, 2004, 19쪽 참조.

9 이들은 부산에서 거주하면서 시와 소설을 썼다.

가 있으며, 필자의 견해와도 상당 부분 일치한다.

그러나 구모룡의 견해는 관습적인 용어라는 사실에 급급한 나머지 해양문학의 개념과 범주를 지나치게 협소하게 보고 있다는 점에서 위험성을 안고 있다. 해양의 범주를 연안이나 대륙적 시선을 배제한 태평양, 대서양 등 대양의 개념으로 이해하고 있으며,[10] 해양문학작품의 내용 또한 수부들의 직접적인 해양체험만으로 제한하고 있는 점이 그것이다. 그러나 이는 대양이든 연안이든 모두가 바다의 영역에 속한다는 점, 그리고 원양어선 선장 등 수부들의 직접적인 해양체험만으로 그 내용을 한정하는 것은 수부 출신이 아닌 사람은 해양문학작품을 쓸 수 없다는 말과 다를 바 없다는 점에서 많은 모순을 내포하고 있다. 그렇다면 '선원문학', '대양문학', '원양문학'이면 되지 굳이 '해양문학'이라고 부를 이유나 근거가 없기 때문이다.

또한 구모룡의 시각은 동해라는 바다를 끼고 있는 부산이라는 특정 지역에 치우친 느낌이 없지 않다. 주지하다시피 동해는 탁 트여 있고, 해안선이 단조로우며, 수심이 깊고 물색이 맑다. 리아스식 해안으로서 해안선이 복잡하고, 섬이 많고, 갯벌로 인해 물색이 탁하며, 비교적 수심이 얕은 서남해와는 여러 모로 다르다. 심지어 잡히는 물고기나 해양생태환경까지도 판이하다. 그러나 동해도 서남해도 대한민국의 바다이긴 마찬가지다. 이러한 차이점을 이해하지 못하고 태평양과 맞닿아 있는 동해처럼 대양의 개념으로만 해양 또는 바다를 인식한다

---

10 '해양(海洋)'이라는 한자단어에 '큰바다 양(洋)'자가 들어가 '대양'을 지칭하는 의미가 강하다면, '대양'과 '연안 바다'를 모두 포괄하는 순수 우리말인 '바다'로 대신해도 좋다는 것이 필자의 견해이다.

면 동해를 제외한 서남해 관련 문학작품은 해양문학에 속할 수 없다는 말과 다를 바 없다.

따라서 필자는 최영호의 견해에 상당 부분 동의하면서 앞으로 해양문학의 개념을 '바다 체험이 지배적인 배경·소재·주제가 된 문학 전반'으로 정의하고, 그 범위를 '바다와 관련된 모든 구성요소'로 일원화할 것을 제안한다. 그리고 이 개념과 범위를 이 글에서 논의할 목포 지역 출신 주요 작가들[11]의 해양문학 관련 작품을 선정하는 기준으로 삼고자 한다. 선정 작품은 주로 목포나 목포 인근의 바다, 섬, 어촌, 바다 생태를 배경으로 하거나 직·간접적으로 관련된 경우로 한정했다. 그렇게 해서 선정한 7명의 작가와 작품[12]을 발표순으로 열거하면 다음과 같다.

① 천승세의 희곡 〈만선〉(1964), 소설 『낙월도』(1972), 『신궁』(1977)

② 최하림의 시 「빈약한 올페의 회상」(1964)

③ 김지하의 시 「용당리에서」(1970), 「바다」(1982)

④ 차범석의 희곡 〈학이여 사랑일레라〉(1975)

⑤ 김창완의 시 「장산도 설화 2」(1978)

---

11 작가와 작품을 선정함에 있어서 다음과 같은 기준을 적용했다. 1) 목포에서 태어나 해양문학작품을 창작한 사람. 2) 다른 지역에서 태어났더라도 상당 기간 동안(5년 이상) 목포에 거주하며 해양문학작품을 창작한 사람.
12 7명의 작가와 작품을 선정함에 있어 대외적인 지명도나 작품성도 고려했다. 이로 인해 해양 관련 작품에 해당하나 본의 아니게 제외된 작가들도 있을 수 있음을 밝힌다. 그리고 선정된 7명의 해양문학작품을 지면 관계상 모두 살필 수 없어 대표작 1~3편으로 제한하여 일별하기로 한다. 총체적이고 심도 있는 작품론은 다음 기회로 미룬다.

ⓖ 노향림의 연작시 「압해도」(1992)

ⓗ 김선태의 시 「삼호 간척지에서」(1997), 「조금새끼」(2009)

3. 목포해양문학의 흐름과 주요 작품

1) 목포해양문학의 흐름

목포의 문인들이 해양에 관해 관심을 갖고 해양문학작품을 쓰기 시작한 시기는 해방 이후, 좀 더 정확히 말하면 1960년대부터라고 할 수 있다. 1897년에 개항하여 일제 때 이미 전국 유수의 항구도시로 성장했지만, 해방 이전까지는 문학적으로 해양에 관심을 갖고 관련 작품을 써낸 경우는 거의 없었다고 할 수 있다.[13] 이는 본격적인 해운업의 발달이 해방 이후부터 시작된 것과 관련이 있는 것으로 보인다. 한국의 해운업과 수산업은 일제의 식민적 근대화의 일환으로 성장하나 본격적인 것은 되지 못했다. 일제 때 해운업의 경우 총독부가 원산, 목포, 부산의 일본 거류민을 지원하여 경영하거나 일본 본국 자본에 의해 독점되는 양상을 보인다.[14] 수산업 또한 식민지 수탈정책의 일환으로 장려되면서 급속하게 발전한다. 그러나 한국의 해운업과 수산업의 발전은 1962년 경제개발 5개년 사업이 추진되면서 수출산업으로 육

---

13 필자가 아무리 당시의 관련 문헌을 뒤져보았으나 찾기 어려웠다.

14 손태현, 『한국해운사』, 한국선원선박문제연구소, 1982, 280-282쪽 참조.

성된다.[15] 1945년 해방은 대륙으로부터의 해방이라고 해석되면서 해방이 대륙과의 단절과 강제된 해양화를 불러왔다. 냉전세계체제 아래서 섬이 된 한국은 해양화의 길을 걸을 수밖에 없게 되면서 해양에 대한 관심이 증폭된다. 1960년대 말부터 1970년대 초에 부산을 중심으로 본격적인 해양문학이 등장하는 이유가 여기에 있으며, 목포도 비슷한 경우로 이해된다. 따라서 목포근대문학의 개척자 또는 선구자라고 할 수 있는 김우진이나 박화성에게서 해양 관련 문학작품을 찾아보기 힘든 것도 여기에서 기인하지 않나 생각된다.[16]

그리하여 1964년 목포 최초의 해양문학작품이 탄생하는데, 그것이 바로 천승세의 국립극장 현상문예 희곡 당선작인 〈만선〉과 최하림의 조선일보 신춘문예 당선 시 「빈약한 올페의 초상」이다. 따라서 발표 순으로 보았을 때 목포 최초의 해양문학작가는 천승세와 최하림인 셈이다. 이 무렵 목포 문단에는 젊은 문학청년들 중심으로 해양문학의 바람이 불었던 것으로 보인다. 이는 "목포문학이 추구해야 할 방향으로 '해양문학'을 제기했던 사람들이 그때 김현, 최하림이죠. 그리 긴 시간은 아니었어요. 목포 오거리에서 만나서 맨날 술 먹고 같이 떠들고 했어요. 몇 달 걸렸죠."[17]라는 김지하의 증언을 통해 확인할 수 있다. 1970년 첫 시집 『황토』에 실린 김지하의 바다 관련 시 「용당리에서」도 이때 창작된다.

1970년대 들어와 섬을 소재로 한 천승세의 중편소설 『낙월도』가

---

15 이방호, 「국가발전과 수산업」, 최정호 편, 『물과 한국인의 삶』, 나남, 1994, 358쪽.
16 이들을 목포 1세대 문학인이라고 할 만하다.
17 김지하·김선태 신년 대담, 「김지하 시인에게 듣는다」, 『시와 사람』, 2007년 봄호, 120쪽.

1972년에 발표된다. 이어 목포 삼학도의 전설을 모티프로 한 차범석의 희곡 〈학이여 사랑일레라〉가 1975년, 「황혼」 등 바다 관련 시편이 지배적인 최하림의 첫 시집 『우리들을 위하여』가 1976년, 「바다와의 대작」·「장산도 설화 1」·「장산도 설화 2」 등 바다 관련 시편들이 실린 김창완의 첫 시집 『인동일기』가 1978년에 발간된다. 따라서 1970년대는 목포문학사에서 해양 관련 작품들이 가장 많이 창작된 시기라고 할 수 있다.

1980년대 들어 목포문학은 극심한 침체의 늪에 빠지게 된다. 주로 핵심 문인들의 출향에서 야기된 침체의 분위기는 2010년대인 현재에 이르기까지 40여 년 동안 지속된다. 1982년 김지하의 시집 『검은 산 하얀 방』과 『애린 1, 2』에 실린 「바다」, 「바다에서」 등 10여 편의 바다 관련 시편들이 1986년에 발표된다.

1990년대에는 노향림의 「압해도」 연작시 60편이 실린 시집 『그리움이 없는 사람은 압해도를 보지 못하네』가 1992년에 출간되어 단일 섬을 집중적으로 노래한 시편으로 주목 받는다. 그리고 바다 환경 파괴를 노래한 김선태의 시 「삼호 간척지에서」가 1997년에 각각 발표된다.

2000년대에 들어와서도 해양문학작품은 찾아보기 힘들다. 다만, 목포대학교 도서문화연구원을 중심으로 해양 관련 연구가 활발해지고, 김지하, 김선태 시인을 중심으로 목포문학이 해양문학으로 활성화되어야 한다는 필요성에 공감하면서 바다생명문학관 건립추진위원회가 결성되어 압해도에 '천사의 섬 바다생명문학관'을 건립하기 위한 신안군과 업무 협약을 체결하는 등 해양문학에 대한 관심이 증폭

된다.[18] 또한 1990년대부터 목포해양대학교의 전국 고교생 대상 바다 관련 백일장이 지속적으로 개최된다. 특히 이 시기에 김선태 시인은 목포 어민들의 삶을 반영한 「조금새끼」와 「주꾸미」, 「홍어」, 「전복」 등 해산물을 소재로 한 바다생태시를 30여 편을 집중적으로 실은 시집 『살구꽃이 돌아왔다』를 2009년에 펴냄으로써 새로운 해양시인으로 주목 받는다. 따라서 2000년대는 목포의 해양문학의 새로운 출발점으로 기록될 만하다고 하겠다.

2010년대에는 해양문학의 범주를 해양민속으로까지 확대한 연작시 「섬의 리비도」가 실린 김선태 시인의 시집 『그늘의 깊이』가 2013년에 출간되었다.

2) 주요 작가와 작품

(1) 천승세 – 희곡 〈만선〉과 소설 『낙월도』, 『신궁』

앞에서 언급한 바대로, 천승세는 목포해양문학의 선두주자요, 해양 관련 소재를 문학적으로 가장 탁월하게 형상화하는데 성공한 작가이다. 따라서 그는 부산이 배출한 해양시인 김성식과 해양소설가 천금성, 남도 어촌을 배경으로 한 해양소설을 다수 창작한 장흥의 한승원과 더불어 한국현대해양문학의 중요한 작가로 평가받아 마땅하다.

대상 작품인 희곡 〈만선〉과 중편소설 『낙월도』, 『신궁』은 모두가 어촌민들의 현실과 이상의 갈등, 또는 삶에 대한 집념과 좌절을 그리고

---

18 그러나 이 협약은 신안군의 재정적 지원이 어려워 안타깝게도 중도 파기됐다.

있다는 공통점이 있다. 〈만선〉은 1964년 국립극장 현상문예 희곡 당 선작으로서 3막 6장으로 이루어져 있으며, 제1막은 2장, 제2막은 3장, 제3막은 1장으로 구성되어 있다. 공간적 배경이 '남해안의 어촌'으로 설정되어 있지만, 이는 목포나 목포 인근에서 흔히 볼 수 있는 전형적 인 어촌이나 다름없다. 발표 이후 셀 수 없을 정도로 무대에 많이 올랐 던 작품이기도 하다.

임제순 ……자네 섭섭할는지 모르겠네마는……. (강경하게) 남은 이 만 원 청산할 때까지 내일부터 배를 묶겄네! 묶었어!

곰치 (기겁할 듯 놀라) 예에? 아니 배, 배를 묶어라우?

성삼·연철·도삼 배를 묶다니?

구포댁 (펄쩍 뛰며) 웟따! 믄 말씀이싱게라우? 아니, 해필이면 이럴 때 배를 묶으라우? 예에?

임제순 (단호하게) 나는 두말 않는 사람이여!

곰치 (애걸조로) 영감님! 배만은, 배만은…….

임제순 (손을 저으며) 더 말 말어! (몇 걸음 걸어 나가며) 배가 없어서 고 기를 못 잡어! 배 빌려 달란 사람이 밀린단 말이여!

곰치 (따라가며) 영감님! 사나흘 안으로 빚 갚지랍녀! 요참 물만 안 놓치면 되고 말고라우! 제발 배는 풀어 주씨요! 제발!

임제순 (곰치를 떠밀며) 안 돼! 안 된다면!

-천승세, 『만선』 부분

인용 부분에서 보듯이, 이 작품은 가난한 전라도 남해안 어민들의 삶을 그들의 사고와 엑센 사투리를 통해서 친근감과 현실감을 느끼도록 사실적으로 묘사했으며, 토속성이 두드러진다. 험난한 자연과 맞서 싸우는 부성(父性)의 억셈과 죽음의 숙명을 벗어나려는 모성(母性)의 몸부림이 갈등을 이루다가 마침내 두 자식의 죽음으로 파국에 이르는 비극적인 삶을 1960년대 리얼리즘극의 최고봉이라 할 만한 사실적 기법으로 형상화한 수작이다.

중편소설『낙월도』(1972)의 공간적 배경은 실제 영광의 낙월도이다. 몸서리치는 가난으로 인한 섬사람들의 고통과 절망이 이 소설의 주제이다. 우리 문학사에서 굶주림이 주는 고통에 집착한 작품이 최서해 이후 많이 발표되었지만, 이 작품처럼 지극하게 묘사한 경우는 달리 없을 성 싶다. 또한 이 작품은 남도 끝자락 낙월도 사람들의 농탕하고 원색적인 사투리를 유감없이 구사하며 어로와 관계되는 샤먼의 세계를 실감나게 그리는 한편 물기가 촉촉한 정한의 분위기가 아련하게 다가오는 소설이기도 하다.

중편소설『신궁』(1977)은 아마도 천승세 문학의 여러 장점들을 가장 훌륭히 집약한 작품으로 볼 수 있다. 같은 어촌을 배경으로 한『낙월도』보다 훨씬 짧지만 중편소설의 풍성함을 충분히 간직한 채 압축적인 묘사와 행동적 의지를 살린 작품이다. 이 소설의 주인공 왕년이는 헤어나기 어려운 역경 속에 몰려 있다. 흉어 철에다가 자신의 대를 이은 며느리의 무당 벌이가 끊긴 상태다. 그러나 이러한 곤경이 무엇보다도 사람들의 농간이요 사회의 됨됨이 탓임이 다른 작품에서보다 더욱 분명하다. 선주이자 객주인 판수가 오랫동안 음양으로 안겨 준 피해의 결과이며, 남편의 억울한 죽음에 한이 맺혀 굿손을 놓은 당골례

(무당) 왕년이를 다시 부려먹으려는 압력 수단의 일환인 것이다. 또한 생생한 시각적 영상들과 더불어 '대못질 소리', '물갈퀴 소리' 등 청각적 효과의 반복이 작품의 통일성을 다져 주고 있는데, "물갈퀴 소리가 죽었다"라는 그 마지막 문장은 왕년이의 맺힌 한이 드디어 풀렸음을 알리면서 꽃 덤불 같았던 한 시대의 종언이 선포된 순간의 침묵을 경험하게 해준다.

(2) 최하림 – 시「빈약한 올페의 회상」

시인 최하림은 소설가 천승세와 더불어 목포해양문학의 1세대라고 할 만하다. 신안 팔금도에서 태어난 그는 12살 때 목포로 나와 오거리 일대를 중심으로 문학 청년기를 보내는 동안 바다와 섬에 대해 많은 체험을 했다. 60년대 초반 김지하, 김현과 함께 목포문학의 방향을 해양문학으로 할 것을 주장할 만큼 해양문학에 관심이 많았다.

그는 문학청년 시절 프랑스 상징주의에 경도되어 발레리와 말라르메를 문학적 대선사로 모시고 있었다고 고백한 바 있다. 당시 발레리의 시집 『해변의 묘지』는 그를 지배했던 텍스트였다. 그래서인지 그의 첫 시집 『우리들을 위하여』(1976)에는 지중해적 이미지가 넘실거린다. 특히 60년대 목포의 대반동 바닷가에서 건져 올린 「황혼」과 같은 바다 관련 시편들은 몽환적인 바다의 이미지가 완전히 점령하고 있다.

등단작 「빈약한 올페의 회상」(1964)은 바다를 불안과 절망과 죽음의 이미지로 인식하고 있음을 보여준다.

아아 무슨 근거로 물결을 출렁이며 아주 끝나거나 싸늘한 바다로

나아가고자 했을까 나아가고자 했을까

기계가 의식의 잠 속을 우는 허다한 허다한 항구여

내부에 쌓인 슬픔을 수없이 작별하며 흘러가는 나여

이 운무 속, 찢겨진 시신들이 걸린 침묵 아래서 나뭇잎처럼

토해 놓은 우리들은 오랜 붕괴의 부두를 내려가고

저 시간들, 배신들, 나무와 같이 심은 별

우리들의 소유인 이와 같은 것들이 육체의 격렬한 통로를 지나서

(중략)

들어가라 들어가라 하체를 나부끼며

해안의 아이들이 무심히 선 바닷속으로

막막한 강안을 흘러와 쌓인 사아(死兒)의 장소. 몇 겹의 죽음.

장마철마다 떠내려 온, 노래를 잃어버린 신들의 항구를 지나서.

유리를 통과한 투명한 표류물 앞에서 교미기의 어류들이 듣는 파도소리

익사한 아이들의 꿈

기계가 창으로 모든 노래를 유괴해간 지금은 무엇이 남아 눈을 뜰까

……하체를 나부끼며 해안의 아이들이 무심히 선 바다 속에서.

－최하림, 「빈약한 올페의 회상」 부분

이 시는 50~60년대의 어둡고 절망적인 현실을 바다에 투영시켜 상징적인 수법으로 형상화하고 있다. 문학에 있어서 바다는 재생과 죽음, 불안과 혼돈, 희망과 절망, 침묵과 변화 등 양가적 의미가 공존하는 원형상징의 이미지를 지닌다. 이 시의 배경을 이루고 있는 것은 항구, 그것도 구체적으로 말하면 문청시절 최하림이 날마다 어슬렁거렸던 목포의 해안통 거리이다. 시 속에는 도처에 '절망'과 '죽음'의 이미지가 널브러져 있다. '아주 끝나거나 싸늘한 바다', '기계가 의식의 잠속을 우는 허다한 허다한 항구', '오랜 붕괴의 부두', '저 시간들, 배신들, 나무와 같이 심은 별', '노래를 잃어버린 신들의 항구', '기계가 창으로 모든 노래를 유괴해간 지금' 등과 같은 불안하고 절망적인 상황과 '찢겨진 시신들', '사아(死兒)의 장소', '몇 겹의 죽음', '익사한 아이들의 꿈' 등과 같은 죽음 이미지가 그것이다. 이는 비록 겉으로 보기엔 항구의 기능을 상실한 50~60년대의 목포항을 배경으로 하고 있지만, 실제로는 처참한 골육상쟁의 현장을 목격해 최초의 관심은 1960년대 초반으로 거슬러 올라간다. 그는 당시 지명수배자가 되어 고향 목포로 숨어들어와 도로공사나 항만에서 인부생활을 하는 등 막노동을 하며 지냈다. 이때는 등단 이전의 문청시절로서 최하림, 김현 등과 목포 오거리를 중심으로 어울렸다. 그는 그때 그들과 목포문학의 방향을 해양문학으로 잡아야 한다는 명제를 놓고 난산토론을 벌였다고 증언한바 있다.[19]

바다와 관련한 첫 작품 「용당리에서」(1970)가 창작된 것이 바로 이

---

19 앞에서 인용한 김지하·김선태 신년 대담 참조.

무렵이다. 당시 그는 심한 폐결핵을 앓고 있었는데, "난파와 기나긴 노동의 부두에서 가마니 속에/노동자가 한 사람 죽어 있"는 모습을 보면서 "그러나 나의 죽음/죽음은 어디에"라고 되뇌며 자신의 죽음의 의미를 묻고 있다. 말하자면 그는 이 바다 관련 첫 작품에서 최하림과 마찬가지로 바다를 '죽음'의 공간으로 인식하고 있음을 본다.

「바다」와 「바다에서」 등 10여 편에 이르는 일련의 바다 관련 시편들은 그가 출옥한 이후 잠시 내려와 살았던 1986년 전후 해남에서 창작된다.

넘치지는 않는다.

고이는 바다

움푹 패인 얼굴에 움푹 패인 맷자욱에

움푹 패인 농부의 눈자위 속 그늘에 바다

열리지 않는 마른 입술 열리지 않는

감옥에도 바다

고이는 바다

매우 작다 조용한 노여움의 바다

넘치지는 않는다 물결이 일어

찢어지는 온몸으로 촛불이 스며든다

몸부림이 몸부림이 일어 압제여

때로는 춤추는 바다 번쩍이는 그러나

달빛이 없는 바다 불타지 않는 바다

매우 작다 압제여

조용한 노여움의 바다

어느 날 갑자기 넘쳐버릴 바다

넘치면 휩쓸어버릴 자비가 없는 바다

쉬지 않고 소리 없이 밑으로 흘러

땅을 파는 팔뚝에 눈에 입술에

가슴에 조금씩 고이는 바다

아직은 일지 않는 폭풍의 바다.

-김지하, 「바다」 전문

바슐라르는 "바다는 세계이며, 세계는 나의 의지이며, 도발이며, 바다를 움직이는 것은 나와의 싸움"[20]이라고 했다. 이 작품의 전반부에서 바다는 생명이 살아 숨 쉬는 공간이 아니라 '넘치지 않는' 바다, '고이는 바다', '달빛이 없는 바다', '불타지 않는 바다', '조용한 노여움의 바다' 등 침묵의 공간으로 인식되고 있다. 여기에서 바다는 1970~80년대 초반의 현실공간을 상징한다. 곧 민중의 바다인 셈이다. 그러나 후반부에서 바다는 대단히 변화무쌍하고 역동적인 싸움의 바다로 바뀐다. '춤추는 바다', '어느 날 갑자기 넘쳐버릴 바다', '넘치면 휩쓸어버릴 자비가 없는 바다', '아직은 일지 않는 폭풍의 바다'가 그것이다. 말하자면 바다는 시적 화자의 마음 상태에 따라 고요하기도 하고 노엽기도 하지만, 결국 언젠가는 폭풍처럼 넘쳐버릴 민중의 속성을 대변하는 것이 된다. 김지하의 시에서 바다는 나중엔 생명의 바다로 바

20 가스통 바슐라르, 이가림 역, 『물과 꿈』, 문예출판사, 1988, 238~239쪽.

뀐다. 그러나 목포 혹은 목포 인근을 전전하며 지명수배나 요양생활을 하며 쓴 김지하의 초기시에 나타난 바다는 당대의 현실이 반영된 공간으로 인식되고 있으며, 죽음과 민중의 상징이라는 의미를 담고 있다고 할 수 있다. 시 「바다에서」도 마찬가지다.

(3) 차범석 – 희곡 〈학이여 사랑일레라〉

차범석은 '한국 사실주의 연극의 아버지'로 불리며 수많은 희곡을 남겼지만 바다와 관련한 작품은 그리 찾아보기 힘들다. 〈갈매기떼〉(1963), 〈열대어〉(1965), 〈파도가 지나간 자리〉(1965)가 바다와 관련 소재를 제목으로 달고 있지만, 실제 내용에 있어서 해양문학과는 거리가 있다. 그래서 그의 고향인 목포 삼학도에 얽힌 전설을 배경으로 한 〈학이여 사랑일레라〉(1975)가 유일한 셈이다.

이 작품은 극단 여인극장의 제65회 공연작이요, 제5회 대한민국 연극제 참가작품으로서 모두 9장으로 이루어진 비극적인 사랑이야기이다.

> 몇 백 년이 지났겠지. 몇 초년이 흘렀겠지. 아련히 들려오는 새소리. 바람소리 그리고 파도소리. 세계가 다시 시작된다. 장쇠가 움직인다. 긴 잠에서 깨어난 것 같다. 기지개를 켠다. 아슬한 하계를 내려다본다. 뭔가를 발견한 모양이다.
>
> [장쇠]   서방님,
>
> (윤도령이 서서히 숨을 쉬기 시작한다.)
>
> [장쇠]   서방님! 저걸 보세요!
>
> [윤도령] 뭐냐?

[장쇠]　　바다 위에 뭔가 솟아오릅니다.

[윤도령] 바다 위에?

(윤도령이 장쇠가 가리키는 곳을 내려다 본다. 어디선가 새로운 생명의 잉태를 알리는 양 심오하고 유연하고 희망의 샘물 같은 음악이 들려온다. 처음엔 명주실처럼, 그것이 차츰 합쳐서 퍼져나간다.)

[장쇠]　　물개일까요?

[윤도령] 아니다.

[장쇠]　　모조리 상어일까요?

[윤도령] 아니다.

[장쇠]　　고래인가봐요.

[윤도령] 아니다. 섬이다.

[장쇠]　　섬?

[윤도령] 학이 떨어진 자리에 섬이 솟아오른다.

[장쇠]　　학이 섬으로?

[윤도령] 그래! 학이다. 학이 살아나서 섬이 되었어!

[장쇠]　　어째서요?

[윤도령] 영원하기 위하여. 오래 남기 위하여. 사람이 되기 위하여.

[장쇠]　　사람이 되기 위하여.

(윤도령은 새로운 환히 앞에 무릎을 꿇고 합장기도 한다. 생명의 음악은 천지를 뒤덮는다.)

　　　　　　　　　　　　　　　　　　－차범석, 〈학이여 사랑일레라〉 끝 부분

이 작품은 목포에 전해 내려오는 삼학도 탄생 전설을 토대한 해양문학작품에 속한다. 즉 남도지방 한 토호의 아들 지균(류석훈)은 세속에서 맺은 세 여성들과의 인연을 잊으려 떠난 고행길에서 꿈에 나타난 세 마리 학 때문에 괴로워하게 된다. 꿈을 깨도 천지간을 뒤덮는 학의 울음소리 탓에 광란에 이르게 된 지균은 활을 들어 학을 쏘게 되지만 땅에 떨어진 학은 바로 그가 사랑했던 여성들이었다. 현실과 상상, 환영과 실제, 사랑의 정염이 뒤섞이는 혼돈을 거친 뒤 세 마리 학이 하늘에서 내려오고, 그들이 내린 바다 위에 세 개의 섬이 솟아오르니, 그것이 곧 삼학도가 되었다는 줄거리다. 이 작품은 삼학도라는 공간적 배경만 바다와 관련이 있을 뿐 진정한 해양문학작품으로 보기엔 미진한 점이 많다.

(4) 김창완 – 시 「장산도 설화 2」

김창완은 신안 태생으로 어린 시절 장산도 해변에서 바닷물에 발을 적시며 놀다가 목포로 나와 문학 청년기를 보낸 시인이다. 1973년 상경 이후 현재에 이르기까지 거친 세상의 바다를 떠돌고 있다. 1966년 주정연, 정영일, 박광호 등과 함께 목포에서 동인회 '흑조'를 결성한 바 있다.

그의 바다에 대한 관심은 당연히 어린 시절 그의 고향 장산도에 기울어져 있다. 따라서 그의 바다 관련 시편들은 한결같이 신화처럼 출렁이는 고향 바다와 현실의 바다 사이를 오가며 떠 있다. 그의 첫 시집 『인동일기』(1978) 후반부는 「바다의 대작」, 「인어의 기도」, 「아침에 떠나는 바다」, 「장산도 설화 1」, 「장산도 설화 2」, 「개화」 등 장산도 바다 관련 시편들로 채워져 있다.

장산도 사내들은 꽃게와 함께 술을 마신다
제일 먼저 취해서 옆걸음치는 꽃게
그러나, 꽃게보다 바다가 먼저 취하고
바다보다 더 먼저 내가 눕는다

잊었던 아픔이 돌아와 닿는 자리
우리는 몸을 떨어 파도를 흔들었다
드러난 개펄의 황량함 때문에
이 섬을 버릴 수 없는 바다는
멀리서 빛나고, 자신의 가장 추한 것을
버려둔 채 바다는 뒤척임을 시작했다

우리들이 고추를 내놓고 운절이 낚던
작은 개웅에는 미처 감추지 못한
바다의 꼬리가 남아서
과부의 허리를 낚아채 가고
철사 같은 수염 햇살에 번뜩이며
사내들은 수차로 바다를 퍼올렸다

완강하게, 고집도 세지
장산도는 지금도 금빛 파도 속에 허리를 넣고
저만큼서 버티고 섰다
가끔 내가 화해의 술잔을 내밀 때도

멀미와 숙취로써 거절하기만 한다

-김창완, 「장산도 설화 2」 전문

김창완은 고향인 장산도 바다를 '철사 같은 수염 햇살에 번뜩이며/ 사내들은 수차로 바다를 퍼올'리는 거칠고 척박한 현실공간이기도 하지만, '우리들이 고추를 내놓고 운절이 낚던/작은 개웅'에서처럼 추억 혹은 그리움의 공간으로서 언젠가는 돌아가야 할 안식처로 인식하고 있다. 각박한 현실의 바다를 떠도는 시적 화자는 닿을 수 없는 장산도에 대한 그리움을 설화화하거나 신화화한다. 장산도의 '사내'와 '꽃게'와 '바다'는 따로 떨어져 있지 않다. 그냥 그대로 하나가 되어 있다. 기억 속에는 섬사람들의 노동과 풍속이 여전히 살아 있다. 그러나 시적 화자는 당장 그곳으로 돌아갈 수 없다. 거기에는 불화가 내재해 있다. '완강하게' 화해를 거절한다. 그러면 그럴수록 장산도는 시적 화자에게 신화적인 그리움의 대상으로 남을 수밖에 없다. 고향마저 잃고 사는 지독한 삶의 한복판을 통과하고 있는 시인은 현실의 바다 위를 무수히 오가며 장산도에 가 닿을 날을 꿈꾼다. 따라서 고향 장산도를 노래한 김창완의 시편은 바다를 노동과 그리움이 공존하는 현실공간으로 인식하고 있으며, 신화가 살아 숨 쉬는 고향이라는 의미를 담고 있다고 볼 수 있다.

(5) 노향림 - 시 「압해도」

노향림은 1942년 해남에서 태어났다. 따라서 목포 출신 작가로 보기에 다소 무리가 있다. 그러나 그는 태어나자마자 장사를 하던 어머

니를 따라 목포로 이주하여 어린 시절을 보냈다. 그리고 다시 서울로 이주하여 지금껏 살고 있지만, 어린 시절 강렬한 그리움의 공간으로 남아 있던 목포 인근 압해도를 배경으로 한 시집 『그리움이 없는 사람은 압해도를 보지 못하네』(1992)를 출간하여 주목을 받았다. 이러한 점에 주목할 때 그는 목포 출신 시인으로 보아도 무방하다고 판단한다.

그녀는 목포시 산정동 산기슭에 딱 한 채가 남은 일인(日人)들의 '적산가옥'에서 가난한 유년기를 보냈다고 한다. 40년대는 해방공간의 혼란과 더불어 먹고 살기에 너무 힘든 시절이었다. 식구들이 모두 나가 돈을 벌거나, 먹는 물이 부족해서 물을 길러 가거나, 오빠들이 학교 가면 혼자서 집을 지키기도 했다. 몸이 약해, 병은 이미 혼자 다 거쳤다. 유행병이 창궐하던 어린 시절 장티푸스·복막염을 앓고 집에서 거의 누워 보냈다고 한다. 병들고 쓸쓸한 유년이었지만, 산기슭을 거쳐 바라다 보이는 앞바다, 그곳에 앉아 있는 섬 압해도가 무한한 위로가 되었다. 결국 그 섬과 혼자서 많은 대화를 나눈 셈인데, 이유는 대낮의 정적이 어린 마음에 무섭고 싫어서였다고 한다. 결국 그녀는 압해도 연작시를 100여 편이나 남겼다.

섬진강을 지나 영산강 지나서
가자 친구여
서해바다 그 푸른 꿈 지나
언제나 그리운 섬
압해도 압해도로 가자

가자 언제나 그리운

압해도로 가자

창밖엔 밤새도록 우리를 부르는

소리 친구여

바다가

몹시도 그리운 날은

하늘과 바다가 맞닿은 섬

압해도 압해도로 가자

가자 언제나 그리운

압해도로 가자

하이얀 뭉게구름

저멀리 흐르고

외로움 짙어가면 친구여

바다 소나무 사잇길로 가자

우리보다 더 외로운 섬

압해도 압해도로 가자

가자 언제나 그리운

압해도로 가자

-노향림, 「압해도」 전문

노향림은 압해도라는 섬을 그리움의 대상으로 인식하고 있다. 그 이유는 압해도라는 공간이 '언제나' 시인의 기억 속에서 그리움으로 물결치며 부르고 있기 때문이다. 압해도는 '언제나 그리운 섬', '하늘과 맞닿은 섬', '우리보다 더 외로운 섬'으로 자리하고 있다. 이렇듯 노향림 시인의 연작시 「압해도」는 고흐의 전원 풍경에서 느낄 수 있는 강렬한 그리움의 공간으로서의 섬을 독특하고 개성적인 이미지로 그려내고 있는바, 하나의 섬을 가장 집중적으로 노래한 해양시편으로 남을 만하다.

(6) 김선태 - 시 「조금새끼」

김선태는 1960년 강진에서 태어나 1980년 이후 현재에 이르기까지 약 40년 동안 목포에 살고 있는 시인이다. 그는 1982년 대학시절에 이미 고려대신문사에서 공모한 전국 대학생 문예 현상공모에 목포항구와 어민들의 삶을 상징적으로 노래한 해양시 「겨울 항구」로 당선된바 있고, 첫 시집 『간이역』(1997)에 용당리 삼호 갯벌을 막아 간척지를 조성하면서 해양생태환경을 파괴한 것을 고발한 시 「삼호 간척지에서」 등을 발표했으며, 근래에 이르러 목포문학이 해양문학으로 특성화되어야 함을 역설하면서 어촌민의 삶을 노래한 「조금새끼」와 「홍어」, 「주꾸미 쌀밥」, 「조개이야기」, 「꽃게 이야기」 등 해양생태시 30여 편을 실은 시집 『살구꽃이 돌아왔다』(2009)를 펴냄으로써 새로운 해양시의 주자로 주목받고 있다. 특히 그는 아무도 주목하지 않는 해양생태와 해양환경문제로 해양시의 관심을 전환하면서 한국해양시의 인식 전환을 시도하고 있다. 시집 『그늘의 깊이』(문학동네, 2013)에서는 연작시 「섬의 리비도」를 통해 그 범위를 해양민속으로까지 확대한 바 있다.

　　가난한 선원들이 모여 사는 목포 온금동에는 조금새끼라는 말이 있지요. 조금 물때에 밴 새끼라는 뜻이지요. 그런데 이 말이 어떻게 생겨났냐고요? 아시다시피 조금은 바닷물이 조금밖에 나지 않아 선원들이 출어를 포기하고 쉬는 때랍니다. 모처럼 집에 돌아와 쉬면서 할 일이 무엇이겠는지요? 그래서 조금 물때는 집집마다 애를 갖는 물때이기도 하지요. 그렇게 해서 뱃속에 들어선 녀석들이 열 달 후 밖으로 나오니 다들 조금새끼가 아니고 무엇입니까? 이 한꺼번에 태어난 녀석들은 훗날 아비의 업을 이어 풍랑과 싸우다 다시 한꺼번에 바다에 묻힙니다. 태어나서 죽을 때까지 함께인 셈이지요. 하여, 지금도 이 언덕배기 달동네에는 생일도 함께 쇠고 제사도 함께 지내는 집이 많습니다. 그런데 조금새끼 조금새끼 하고 발음하면 웃음이 나오다가도 금새 눈물이 나는 건 왜일까요? 도대체 이 꾀죄죄하고 소금기 묻은 말이 자꾸만 서럽도록 아름다워지는 건 왜일까요? 아무래도 그건 예나 지금이나 이 한마디 속에 온금동 사람들의 삶과 운명이 죄다 들어 있기 때문 아니겠는지요.

-김선태, 「조금새끼」 전문

「조금새끼」(2009)는 어촌마을인 목포 온금동에 대대로 전해 내려오는 민담을 차용하여 시적으로 재구성한 이야기시로서, 어민들의 핍진한 삶과 운명을 잔잔한 문답식의 어조로 들려주고 있다. 이 시에서 바다는 치열한 삶의 현장이자 죽음의 공간이다. 온금동 사람들을 태어나게 하고 죽게 하는 것이 모두 바다에 달려 있다. 따라서 바다는 죽음과 재생이라는 원형상징의 의미를 담고 있다고 할 수 있다.

4. 남은 과제와 전망

지금까지 이 글은 목포해양문학의 출발점을 1960년대에 잡고, 2000년대까지 발표한 목포 출신 주요 작가들의 바다 관련 작품들을 선정한 다음, 그 흐름과 작품세계를 일별한 것이다. 그 결과 목포의 해양문학은 뚜렷하지는 않지만 그 흐름을 지속해왔으며, 최근에 이르러 새로운 관심이 증폭되고 있음을 알 수 있다.

그러나 작품세계를 살피는 과정에서 목포 출신 작가들의 해양에 대한 인식이 바다나 섬에 대한 막연한 동경이나 그리움, 어촌민들의 핍진한 삶의 반영, 설화나 전설의 차용, 바다에 대한 절망과 죽음을 형상화하는 데 머물고 있어 새로운 인식 전환의 필요성이 대두됐다. 즉 해양민속의 차용, 해양생태의 탐구, 해양환경오염의 고발, 연륙을 인한 섬의 정체성 상실 등 영역 확대와 더불어 근래에 우리가 안고 있는 각종 현안문제를 문학적으로 반영할 필요가 있다는 이야기다. 그래야만 목포의 해양문학이 시대에 뒤떨어지지 않을 것이다.

그리고 목포가 이러한 해양문학적 전통을 계승하여 앞으로 한국해양문학의 한 거점도시로 발전하기 위해서는 목표를 달성하기 위한 기반 조성이 필요한데, 현재 목포가 지니고 있는 여건으로 보았을 때 그

가능성은 충분하다고 생각한다. 우선 지방 국립대학교인 목포대학교가 해양 특성화를 표방하면서 '신해양시대의 리더'로 발돋움하고 있는데다가, 목포해양대학교와 목포해역사가 자리하고 있으며, 세계 섬 엑스포 목포 유치 추진 등 관련 인프라 구축을 위한 노력이 활발히 진행되고 있는 것이 그것이다. 게다가 목포가 영산강과 서남해가 만나는 접점에 위치해 있어 장차 중국을 위시한 동아시아의 허브로 자리 잡을 가능성이 무한히 열려 있다.

* 참고문헌은 각주로 대신함.

주요 작고 문인[1]

1. 김우진 – 한국 근대극의 선구자

김우진은 1897년 전남 장성에서 김성규의 장남으로 출생했다. 호
는 초성(焦星), 혹은 수산(水山)이다. 1907년(11세) 당시 장성 군수였
던 아버지가 무안(현 목포) 감리로 발령을 받으면서 목포시 북교동 46
번지 성취원(成趣園)[2]으로 이주하였다. 목포공립보통학교(현 목포 북교
초등학교)를 졸업한 뒤, 일본 구마모토농업학교에 입학하였고, 1924년
와세다대학교 영문학과를 졸업하였다. 1926년 가정·사회·애정문제

---

[1] 주요 작고 문인은 다음 두 가지 기준에 따라 선정했음을 밝힌다. ① 목포 출생으로서 한
국문학사에 기록될 만큼 혁혁한 문학적 업적을 남긴 문인, ② 목포 출생이 아니더라도 최소
10년 이상 목포에 거주하면서 목포문학의 발전에 크게 기여를 한 문인.
[2] 현재 도로명은 북교동성당이 자리한 북교길 17-1이다.

로 번민하다가 당시 「사의 찬미」로 유명했
던 가수 윤심덕(본명 윤수선)과 함께 29세의
짧은 나이로 현해탄에 투신자살했다. 한마
디로 그는 전근대와 근대의 해협을 항해하
다 침몰한 난파선이자, 불꽃같은 삶을 살다
간 비운의 천재였다.

김우진 극작가

그는 와세다대학교 재학시절부터 본격적
인 문학의 길로 접어들었다. 다눈치오, 보들레르, 브라우닝, 하이네
등 독일과 프랑스 시인들의 작품을 탐독하며 시작(詩作)을 하였고,
칸트, 헤겔, 쇼펜하우어, 니체, 마르크스 등의 영향을 받아 합리적이
고 냉철한 서구적 교양과 인격을 갖추었으며, 본과인 영문과 때는 종
합예술인 연극에 심취했다. 그리하여 1920년 조명희, 홍해성, 고한
승, 조춘광 등 유학생들과 함께 '극예술협회'를 조직하였고, 1921년
에는 '동우회순회연극단(同友會巡廻演劇團)'를 조직하여 국내 순회공
연을 벌이기도 했다.

대학을 졸업하고 귀향한 그는 아버지가 물려준 '상성합명회사'의
사장으로 일하는 한편, 1925년 목포지역 최초의 문학동인회인 'Socie
Mai(5월회)'를 조직하여 리더로 활동하였다. 그리하여 구마모토농업
학교 시절부터 습작활동을 통해 문학을 향한 꿈을 키워오던 그는 대
학에 들어간 1920년부터 1926년 8월 사망하기까지 짧은 기간 동안
〈정오〉, 〈이영녀(李永女)〉, 〈두더지 시인의 환멸〉, 〈난파〉, 〈산돼지〉
등 희곡 5편을 비롯하여 시 50편, 소설 3편, 번역 3편, 연극 및 문학평
론 20편 등 문학 전반에 걸쳐 괄목할 만한 성과를 남겼다. 특히 표현

주의에 입각한 희곡 〈이영녀〉는 당시 유달산 아래 사창가(현 양동 일대)를 배경으로 한 작품이다.

'한국 근대극의 선구자'로 불리는 그는 한국 최초의 자유시인 주요한의 「불놀이」(1919년 『창조』)보다 앞서 근대시를 실험했고(미발표 습작시), 체계적인 이론을 바탕으로 당대 비평계의 허구성을 비판했으며, 어느 누구보다 먼저 근대극다운 희곡작품을 창작했다. 그리고 서구를 풍미했던 표현주의 문예사조를 받아들여 문단에 소개하고, 이를 직접 창작을 통해 보여줌으로써 우리 근대문학 사상 처음이자 마지막 표현주의 작가로 평가받고 있다.

또한 그는 비록 목포에서 태어나지는 않았지만, 11세 때부터 사망할 때까지 목포에 살면서 일본유학을 통해 배운 근대사상과 근대문학의 씨앗을 뿌린 '목포 최초의 근대 지식인이자 근대 문인'이다. 그로 인해 한반도의 끄트머리에 자리한 항구도시 목포는 어느 도시보다 근대도시로 일찍 깨어났으며, 훗날 한국근대문학사의 중심을 차지하는 기라성 같은 문인들을 다수 배출하는 발판을 마련할 수 있었다는 점에서 명실공히 '목포문학의 선구자'라고 할 만하다.

그가 살았던 집터이자 상성합명회사가 있었던 방대한 대저택 성취원에는 현재 북교동성당이 들어서 있으며, 입구 쪽에 '극작가 김우진 문학의 산실'이라고 새겨진 작은 표지석이 있다. 또한 그의 시신이 없는 초혼묘는 무안군 청계면 월선리 몰뫼산에 있으며, 목포문학관 '김우진관'에는 육필원고를 비롯한 유품 141점이 보관·전시되어 있다. 매년 목포문학관에서 김우진문학제가 열린다.

2. 박화성 – 한국 여성소설의 대모

박화성은 1904년 목포시 죽동 9번지[3]에서 박운서[4]의 4남매 중 막내딸로 태어났다. 본명은 경순이고, 화성은 아호이자 필명이며, 호는 소영(素影)이다. 10세 때 고등과 3학년에 편입하고 월반을 거듭하여 12세 때 목포 정명여학교(현 목포 정명여중)를 졸업하였다. 이듬해 서울숙명여고보(현 숙명여고)를 졸업한 뒤, 1929년 일본여자대학교 영문학부를

박화성 소설가

수료했다. 1988년 서울 종로구 평창동 179번지 삼호빌라 1동 203호 자택에서 향년 85세로 별세했다. 그녀의 문학적 혈통을 장남 천승준(문학평론가), 차남 천승세(소설가), 3남 천승걸(전 서울대학교 영문과 교수), 맏며느리 이계희(소설가)가 잇고 있다.

그녀가 본격적으로 문학에 관심을 두기 시작한 것은 영광중학원 교사시절 동료교사였던 시조시인 조운에게서 소설을 쓸 것을 권유받으면서부터이다. 그리하여 1923년 21세 때 최초의 단편소설 「팔삭동」을 『자유예원』에 발표하고, 단편 「추석전야」를 조운이 당시 계룡산에서 내려와 요양하던 춘원 이광수에게 보여 『조선문단』에 추천을 받게

---

3 현재 도로명 주소로는 '나무포 식당'이 자리하고 있는 목포시 수문로 19-1이다. 원래 생가는 뜯기고 표지석만 서 있다.

4 그는 목포 선창의 객주였다(이일영, 「예술혼을 위하여-(237) 예향 목포의 인물 이야기」, 브레이크뉴스, 2019.2.16.).

함으로써 1925년 문단에 데뷔하였다. 등단은 1920년대에 했으나 작품 활동을 본격적으로 펼친 시기는 1930년대부터인데, 그 계기가 되었던 작품이 춘원의 재 추천으로 1932년에 발표된 단편 「하수도 공사」이다. 그리고 같은 해 여성으로서는 처음으로 장편소설 『백화』를 6개월 동안 180회에 걸쳐 『동아일보』에 연재하면서 장편작가로서 역량을 보였다. 1933년에는 중편 『비탈』과 단편 「두 승객과 가방」, 「떠내려가는 유서」를, 1934년에는 단편 「헐어진 청년회관」, 「논갈 때」를 각각 발표했다. 이어 1935년에 자전적 장편소설 『북국의 여명』과 단편 「눈 오던 그 밤」, 「홍수전야」, 「중굿날」을, 1936년에 단편 「고향 없는 사람들」, 「춘소」, 「불가사리」를, 1937년에는 단편 「온천장의 봄」을 집중적으로 발표함으로써 소설가로서 문단의 확고한 위치를 굳혔다. 1938년 이후엔 일제의 조선어 말살정책과 일본어 사용의 강요가 노골화되자 절필하고 낙향하여 후배양성에 전념했다. 한편, 일본여자대학교 영문학부에 입학한 이듬해인 1927년에는 여성항일 구국운동 및 여성 지위향상 운동단체인 '근우회' 동경지부 창립대회에서 위원장으로 피선되기도 했다.

살아생전 20여 편의 장편소설과 100여 편의 단편소설, 그리고 500여 편의 수필과 시를 남긴 박화성은 1920년대를 풍미했던 '동반자 작가'로서의 작품 경향과 리얼리즘에 입각하여 현실 문제를 깊이 있게 파헤친 작가로 평가받고 있다. 특히 그녀는 초기에 목포를 배경으로 가난한 노동자와 농민들의 고된 삶을 다룬 사회성 강한 소설을 썼는데, 동반자 작가의 경향이 강한 「추석전야」, 「하수도 공사」, 「홍수전야」, 「헐어진 청년회관」이 대표적인 작품으로 손꼽힌다. 이 중 「헐어

진 청년회관」은 일제 때 청년운동과 민족운동의 보금자리였던 목포청
년회관(현 남교소극장)을 배경으로 한 소설로서 역사의식이 강하게 투
영되어 있다. 원래 이 작품은『조선청년』창간호에 실으려 하였으나
총독부의 검열로 전문삭제 당하자 팔봉 김기진이 은밀히 복사해 두었
다가 광복이 되자『예술문화』에 발표함으로써 빛을 보게 되었다.

　박화성은 유독 이 땅에서 '최초'라는 수식어가 많이 붙어 있는 작가
로 유명하다. 1925년 목포에 최초로 건립된 방직공장의 여공들을 주
인공으로 한 단편「추석전야」로 문단에 데뷔하여 '최초의 여성소설
가'가 되었고, 1932년엔『백화』를『동아일보』에 연재하면서 '최초의
장편여성작가'가 되었다. 그뿐만 아니라 15세의 최연소 나이에 초등
학교 선생으로 교단에 섰으며, 일본여자대학교 영문학부에 입학한 최
초의 한국여성이었다. 또한 그녀는 목포에서 출생하여, 상당 시간 동
안 목포에서 활동하였고, 주로 목포를 배경으로 한 작품을 많이 남겼
다는 점에서 '진정한 목포 출신 문인'이라고 하겠다.

　한국여류문학인회 초대회장을 비롯하여 국제펜클럽 세계연차대회
한국대표, 대한민국 예술원회원을 지낸 바 있는 그녀는 살아생전 뛰
어난 문학적 업적과 공로를 인정받아 대한민국문화훈장, 한국문학상,
3·1문화상, 제1회 예술원상, 목포시문화상 등을 수상하였다.

　그녀가 장편『백화』를 비롯한 작품들을 집필하였고, 당시 목포문인
들의 사랑방이었던 용당동의 '세한루'는 헐어져 자취를 감춘 지 오래
인데, 최근 목포시에서 인근에 박화성문학공원을 조성했다. 현재 그
녀의 모교였던 목포정명여중 교정에 문학비가, 목포문학관 입구에 흉
상이 세워져 있다. 또한 목포문학관 '박화성관'에는 육필원고를 비롯

한 많은 유품들이 보관·전시되고 있다. 매년 목포문학관에서 박화성 문학제가 열린다.

3. 김진섭 – 한국 수필문학의 비조

김진섭 수필가

김진섭은 1903년 목포시 남교동(현 죽동) 135번지[5]에서 당시 무안감리서 관리 풍산 김씨 김락헌(경북 안동 출신)의 아들로 태어났다. 호는 청천(聽川)이다. 7세 때 발령을 받은 아버지를 따라 제주 정의(旌義)로 이주하여 정의초등학교를 다니다가, 졸업 무렵 다시 나주로 이주하였다. 1916년에는 서울로 이주하여 양정고보(현 양정고등학교)를 1920년에 졸업하였다. 1921년 일본 호오세이대학 전문부 법과에 입학하였으나 독문과를 선택, 1927년에 졸업하고 귀국하였다. 8.15 광복 후에는 서울대·성균관대학교 교수 등을 역임하였으며, 1946년에는 『독일어 교본』을 엮어내기도 했다. 1950년 6.25 때 논문집 『교양의 문학』 원고를 출판사에 남겨놓고 납북되어 지금껏 어떻게 사망했는지 알 수 없다.

애초 김진섭의 문학적 관심은 수필 창작이 아니라 연극 활동을 위한 해외문학작품 번역에 있었다. 1926년 일본유학시절 손우성, 이하

---

5 현 도로명으로 수문로 45번길 '가락지'(죽집) 식당 부근이다.

윤, 정인섭 등과 '해외문학연구회'를 결성하여 1927년 귀국 후『해외문학』 창간에 참여하였으며, 카프의 프롤레타리아문학과 대결하여 해외문학 소개에 진력하였고, 평론「표현주의 문학론」을 비롯하여 독일문학을 번역·소개하고, 서항석, 이헌구, 유치진 등과 '극예술연구회'를 조직한 것이 그것이다. 그러나 1930년『중외일보』에 최초의 수필「인간문학론」을 발표하면서부터 수필가로 방향을 바꾸었다. 이때부터 약 20년 동안 200여 편에 달하는 수필과 평론을 남긴 그는 1947년 첫 수필집『인생예찬』과 1948년 수필가로서 위치를 굳힌『생활인의 철학』, 1950년『교양의 문』을 발간함으로써 한국수필문학의 새 영역을 개척하였다.

그의 수필은 일상의 생활을 철학의 차원까지 끌어올렸으며, 또 그것을 유려하고도 꾸밈없는 문체로 표현한 점이 특징으로 평가받고 있다. 특히 그는 신문학 이후 문필인들의 여기(餘技) 정도로나 여겨왔던 수필을 본격적인 문학의 장르로 끌어올림으로써 한국수필문학의 기틀을 다진 비조(鼻祖)로 불린다. 대표작으로는「백설부」,「주부송」,「모송론」,「교양에 대하여」,「수필의 문학적 영역」등이 있는데, 이 중「수필의 문학적 영역」은 한국수필의 기틀을 잡는 명문장이자 그의 문학성을 가장 잘 드러낸 글로 꼽힌다.

그러나 그는 출생 사실만 제외하면 목포 출신 문인이라기보다 고향인 안동 출신에 더 가깝다. 그도 그럴 것이 그는 태어나기만 했을 뿐 어린 시절의 한때를 조부모의 고향 안동에서 보냈으며, 7살 때 제주도로 이주하여 목포에 관한 기억이 전혀 없기 때문이다. 이는 그 스스로「없는 고향 생각」이라는 수필에서 "나는 불행히도 고향에 대해서는 극히 산만한 인상밖에 가질 수 없기 때문에 고향에 두고 온 이야기 역시 기억할 바 없다."고 한 데서도 드러난다. 안타깝지만 목포에 관한 글이 전무하다는 점에서 더욱 그렇다.

그럼에도 불구하고 현재 목포에는 그의 문학기념비가 2곳이나 들어서 있다. 향토문화관 앞뜰(1990, 우리문학기림회)과 갓바위 문화의 거리로 들어가는 도로변 우측 언덕(1998, 한국문인협회)이 그것이다. 거기엔 '청천 김진섭 선생의 고향마을'이라는 명칭이 붙어 있다. 그러나 이 비문의 명칭은 목포가 그의 출생지일 뿐 고향이 아니라는 점에서 부적절하다. '고향'이란 원래 "제 조상이 오래 누려 살던 곳"이라는 뜻이다. 아니면 "태어나서 자라난 곳", 그것도 아니면 "늘 마음으로 그리워하거나 정답게 느끼는 곳"이기 때문이다. 더욱이 조부모의 고향 안동에서는 별도로 김진섭을 기리는 모임이나 문학비도 있다고 한다. 이러한 점들 때문에 그는 목포문학관에 들어가지 못했다. 그럼에도 불구하고 출생지가 목포라는 점만큼은 분명한 사실이어서 그를 목포 출신 문인으로 분류하고 있다.

4. 조희관 – 예향 목포의 텃밭 일군 수필가

조희관은 1905년 전남 영광군 영광읍 남천리 172번지에서 태어났다. 호는 소청(少青)이다. 1920년 경성 배재고보(현 배재고등학교)를 졸업하고 연희전문학교(현 연세대학교) 2년을 중퇴한 뒤 1927년 중국 북경 호스돈대학교에 유학하였다. 1935년 귀향하여 유치원 원장과 동

아일보 영광지국장을 하며 교육과 언론에
관심을 기울였다. 1946년 목포상업학교(현
목상고) 교감으로 부임하면서 근거지를 목포
로 옮긴 후 목포항도여자중학교 교장, 조선
대학교 강사 등을 역임했다. 1958년 53세라
는 비교적 이른 나이에 세상을 떴다.

조희관 수필가

　목포로 이주하면서부터 수필을 쓰기 시작
한 그는 등단과정 없이 문학에 입문한 자족적인 향토문인의 전형이었
다. 살아생전 『철없는 사람』, 『다도해의 달』, 『새날이 올 때』 같은 수
필집을 출간했다. 그의 수필의 특징은 한글과 순우리말로 이루어진
유려한 문체에 있다. 영광에서부터 각별한 문우였던 박화성에 따르
면, "주옥같은 문장을 누에가 비단실 토해내듯이 뽑아내던 뛰어난 수
필가"였다. 김지하는 회고록 『모로 누운 돌부처』에서 "우리의 토박이
말과 미묘한 전라도 사투리의 매력을 처음 깨달은 것도 조희관 선생
의 그 무렵의 수필집 『철없는 사람』에서였다."고 술회하고 있다. 그러
나 문학적으로 널리 인정을 받지 못했고, 가난으로 인해 일찍 유명을
달리했다는 점에서 그는 '불행한 문학인'으로 기억되고 있다.

　또한 그는 한글에 대한 남다른 사랑을 지닌 교육가였다. 그의 교육
에 대한 열정은 항도여중 교장으로 전임하면서 빛났다. 부임과 동시
에 한자로 된 학교 간판을 한글로 고치고 "한 송이 들꽃을 보라/남을
시새워하지 아니하고/힘껏 제 빛을 나타내나니"라는 교훈을 손수 지
어 걸은 일은 아직도 목포지역 교육계에서 일화로 회자되고 있다. 목
포여고, 목포유달중, 목포해양고등학교(현 목포해양대학교) 등 교가를

한글로 작사했으며, 학생들에게 우리말의 아름다움과 특이함을 일상용어에서 찾아내고 어원을 밝혀 나가는 작업에 관심을 기울였다. 그리고 노래 「부용산 오리길」을 작사한 박기동과 작곡한 안성현 같은 유능한 예술인을 길러내는 데도 힘썼다.

이렇듯 유능한 수필가요 교육가였지만, 그보다 더 훌륭한 것은 그가 전후 황폐한 목포의 예술 문화의 새바람을 일으키는 산파역할을 했다는 점이다. 6.25 직후에 항도여중 교장을 그만 둔 그는 차재석과 함께 항도출판사 사장을 맡아 당시 목포의 출판문화를 주도했고, 문예지 『전우』, 『갈매기』 등의 주간을 맡아 목포문인들의 다양한 작품 활동을 지원하였다. 이렇듯 당시 항도출판사는 목포문화의 산실과 같은 구실을 한 바, 대부분의 목포출신 문학도들이 이곳을 드나들며 예술적 자양분을 얻었다. 1956년에는 목포문화협회(현 목포예총)를 조직하는 데 중요한 역할을 담당했으며, 미네르바 다방에서 박화성의 소설집 『고개를 넘으면』의 출판기념회를 주선하기도 했다.

전라남도문화상과 제1회 목포시 문화상을 수상했으며, 1983년 작고한 그를 기리는 '소청문학상'이 제정됐다. 그러나 1994년 제12회 시상을 끝으로 재정문제로 인해 안타깝게도 중단됐다. 2009년 목포예총에서 세운 추모비가 목포문학관 앞에 있다.

5. 차범석–한국 사실주의 연극의 완성자

차범석은 1924년 목포시 북교동 184번지[6]에서 차남진의 3남3녀 중

둘째아들로 태어났다. 광주고등보통학교와 광주서중학교를 거쳐 1944년 광주사범학교를 졸업했다. 1945년 목포북교초등학교 교사로 근무하다가, 6월에 일본군에 소집당해 복무 중 해방을 맞았다. 1950년 6.25전쟁이 발발하자 목포로 피난하여 5년간 목포중학교 교사로 근무했다. 1966년 연희전문학교

차범석 극작가

(현 연세대학교) 영문학과를 졸업했으며, 2006년 천수(82세)를 누린 후 타계했다.

1955년 조선일보 신춘문예에 〈밀주〉가 가작, 1956년 조선일보 신춘문예에 〈귀향〉이 당선되어 극작가로 등단한 그는 2003년 〈옥단어〉에 이르기까지 70여 편의 희곡작품을 발표한 다산성 작가로 유명하다. 20대에는 6.25전쟁을 겪은 전후문학세대로서 사회현실에 대한 풍자와 비판의식이 강한 작품을 주로 발표했다. 특히 전쟁의 상처로 절망 속에 살아가는 인간상을 그린 〈불모지〉(1957)와 이념의 허구성과 인간의 본능적 욕구를 사실적으로 그려낸 〈산불〉(1962)은 6.25의 비극을 부각시키고 반전의식을 일깨운 전후문학의 대표작으로 평가된다. 대표 희곡집으로 『껍질이 깨지는 아픔 없이는』(1961), 『대리인』(1969), 『환상여행』(1975), 『학이여 사랑일레라』(1982), 『식민지의 아침』(1991), 『통곡의 땅』(2000), 『옥단어』 등과 연극이론서 『동시대의 연극인식』(1987)이 있다. 이밖에 수필집 『거부하는 몸짓으로 사랑했

---

6 도로명은 차범석길 25로 현재 '가든 빌라'가 들어서 타인이 살고 있다. 그러나 출입문의 일부가 남아 있고, 안내 입간판도 서 있다.

노라』(1984), 『예술가의 삶』(1993), 『목포행 완행열차의 추억』(1994)과 자서전 『떠도는 산하』(1998)가 있다. 이들 중 『학이여 사랑일레라』와 『옥단어』는 목포를 배경으로 한 작품이다. 특히 『옥단어』는 일제 말에서 해방 정국에 이르는 시기에 목포의 4대 명물 중 하나였던 '옥단'이라는 실제인물을 중심으로 급박한 근대사를 살아갔던 민초들의 애환을 소개한 그의 마지막 작품이다.

극작가로서의 작품 활동 외에도 1956년 김경옥, 최창봉, 오사량 등과 '제작극회'를 창단해 소극장 운동을 주도했으며, MBC 창립에 참여해 방송극 창작에도 관여했다. 1963년에는 김유성, 임희재 등과 극단 '산하'를 창단하고 대표(1963~1983)로 활동해 한국의 현대극을 정착시키는 데 기여했다. 또 1951년 처녀작 〈별은 밤마다〉를 비롯하여 〈사형인〉(1956), 〈말괄량이 길들이기〉(1964), 〈세일즈맨의 죽음〉(1975), 〈도미부인〉(1984), 〈고려애사〉(1990) 등의 공연을 맡아 연출가로도 활동했다. 1983년 〈옛날 옛적에 훠어이 훠이〉의 작업을 끝으로 그는 20여 년간 리얼리즘 중심의 창작극과 다양한 번역극을 소개하며 중견극단으로 성장한 '산하'의 막을 스스로 내리기로 결정해 당시 연극계에 신선한 충격을 주기도 했다.

전후작가로 분류되는 극작가이면서도 전쟁이라는 주제에 고착하지 않고 철저한 사실주의를 바탕으로 다양한 주제를 통해 현대적 서민심리를 추구한 작품을 써온 그는 이해랑, 유치진의 뒤를 이은 한국 사실주의 연극을 완성한 대표적인 작가이자 연출가로 평가받고 있다.

1981년 대한민국예술원 회원, 1984년 청주대학교 예술대학장, 1989년 서울예술전문대학 극작과 교수로 활동했고, 1998년 한국문화예술진홍원장, 2002년 대한민국예술원장 등을 역임했다. 대한민국문화예술상(1970), 성옥문화예술상(1980), 대한민국연극제 희곡상(1981), 대한민국예술원상(1982), 동랑연극상(1984), 대한민국문학상(1991), 이해랑연극상(1993), 금호예술상(1996), 서울시문화상(1998), 한림문학상(1998), 삼성문학상(2000) 등을 수상했다. 2007년 '차범석 희곡상'이 제정되었으며, 현재 목포문학관에 '차범석관'이 들어서 있다.

6. 차재석 – 목포 문단의 터줏대감

차재석은 1926년 목포시 북교동 184번지[7]에서 차남진의 셋째아들로 태어났다. 호는 다목동(茶木童)이며 차범석의 동생이다. 어린 시절부터 앓은 관절염 증세로 일정한 직업 없이 평생토록 불편한 삶을 살았다. 1983년 57세라는 짧은 나이로 세상을 떴다.

차재석 수필가

그는 「삼학도 가는 길」, 「악인의 매력」 등을 쓴 수필가이지만, 문학창작보다는 평생을 목포의 문화예술을 소개하고, 귀찮은 일을 도맡아하며, 문학인들을 지원하는 후견인으로서의 삶을 살았다. 그래서 목포의 예술인들은 그를 서슴없이 '목포예총

---

7 차범석과 동일.

의 터줏대감'으로 부른다. 그래서 그의 삶은 '예향 목포의 산파'였던 선배 수필가 조희관과 겹친다. 그만큼 이 두 사람은 명콤비였다. 소설가 백두성은 "소청 조희관 선생과 다목동 차재석 선생이 서로 만났기에 더욱 목포문학예술에 빛을 남기게 된 것"이라고 술회하였다. 그는 6.25 직후 서울에서 귀향하여 항도출판사를 차리고, 조희관을 사장으로 모시면서 자신은 편집장을 맡는다. 목포여중 앞에 있었던 항도출판사는 시설은 비록 허름하였지만 목포문화예술의 산실이었다. 목포의 모든 문예지와 단행본을 도맡아 출판했다. 당시 모든 문학 지망생들이 이곳을 거쳐나갔다. 월간지『갈매기』, 주간지『전우』등을 통해 목포문인들의 다양한 작품 활동을 지원하고 문예 활동을 주도하기도 했다.

1956년 어려운 살림살이를 쪼개 서정주, 이동주 등과 함께 시 전문 문예지『시정신』창간을 주도한 것은 그의 가장 빛나는 업적으로 평가된다. 수화 김환기의 표지화를 비롯하여 전국적으로 화려한 필진의 글을 실어 전후 황폐화된 우리 시문학을 꽃피우는 데 크게 공헌한 이 문예지는 1964년 5집을 끝으로 폐간됐다가 1986년 한때 복간되기도 했다. 1958년엔 남농 허건, 소청 조희관과 함께 목포문화협회(현 목포예총) 창립을 주도했으며, 1960년『목포문학』(현 목포문인협회 기관지) 창간을 발간·주도했고, 1969년 제3대 한국예총 목포지부장을 역임했다.

이렇듯 문학창작보다 외적 활동에 주력했던 그이지만, 종종 '예총 무용론'을 후배문인들에게 펴며 "진정한 예술가라면 언젠가는 협회에 소속됨이 없이 홀로 서야 한다."고 주장한 참문학인이었다. 목포 유달산 유선각 앞에 시비와 예술의 거리 언덕에 목포예총이 세운 문학비가 있다.

7. 김현 – 한국평론문학의 독보적 존재

김현은 1942년 전남 진도군 진도읍 남
동리에서 태어났으며, 본명은 광남(光南)
이다. 진도에서 초등학교 1학년 1학기를
마치고, 7월에 목포 북교초등학교로 전학
했다. 그의 아버지는 목포 공설시장 앞에
서 구세약국(救世藥局)[8]을 열어 양약 도매
업을 했는데 충청 이남의 양약 공급을 장

김현 문학평론가

악할 만큼 사업에 성공했다고 한다. 목포중학교를 졸업하고 목포 문
태고등학교에 입학했으나 곧바로 서울의 경복고등학교로 전학했다.
경복고등학교를 마친 후, 서울대학교 문리대 및 같은 대학원 불문학
과를 졸업하고, 프랑스 스트라스부르 대학에서 수학하였다.

문청시절인 1960년대 초반 김지하, 최하림 등과 함께 목포 오거리
에서 문학적 감수성을 익혀나간 그는 1962년 서울대학교 불문학과 재
학시절 『자유문학』에 문학평론 「나르시스의 시론–시와 악의 문제」를
발표하여 문단에 나왔다. 같은 해 여름 목포에서 김승옥, 최하림 등과
함께 동인회 '산문시대'를 결성하고 우리나라 최초의 소설동인지 『산

---

8 현재 공설시장은 폐쇄되었고, '남교 주차장'이 들어서 있다.

문시대』를 창간·주도했다. 2호부터 강호무, 김산초, 김성일, 염무웅, 김치수, 서정인 등이 가세한 이 동인회는 1968년 이른바 4.19 세대가 대거 참여한 동인회 '68그룹' 결성과 1970년 가을 김현, 김병익, 김치수, 김주연 등이 창간한 문학 계간지『문학과지성』의 모태가 되었다. 이후 김현은『문학과지성』(약칭 '문지')의 문학적 이념과 편집·기획을 주도하면서 수많은 평론을 발표해 한국평론문학의 독보적 존재로 군림하다가, 1990년 6월, 48세라는 짧은 나이에 지병으로 세상을 떴다.

김현은 죽은 뒤 "1백 년에 한번 나올까 말까 한 평론가였다."(시인 황지우)라는 말이 나올 정도로 당대의 한국문학에 넓고 깊은 영향을 미쳤다. 그는 자신의 또래가 4월 혁명의 이념인 자유와 민주정신을 승계한 적자라고 굳게 믿으며 식민지 언어가 아니라 한글로 사유하고 한글로 글을 쓴 제1세대임을 자랑스럽게 생각하였다. 또한 그는 엄청난 독서량과 섬세하면서도 날카로운 작품 분석, 인문학 전반을 아우르는 드넓은 지적 관심, 그리고 명료하고 아름다운 문체로 비평을 창작에 기생하는 장르가 아니라 독자적인 문학 장르로 끌어올린 최초의 비평가로 평가되고 있다. 특히 그의 비평 문체는 이른바 '김현체'라고 불릴 정도로 높은 평가를 받았으며, 비평의 대상이 된 작가들이 즐겨 읽을 만큼 매혹적이었다. 따라서 그는 작품 분석을 중심으로 하는 실제 비평의 영역에 있어서 먼 훗날까지도 뛰어넘기 어려운 봉우리로 남아 있을 것이 틀림없으며, 이 땅에서 가장 독창적인 언어 세계를 보여준 비평가였다.

김현은 살아생전 240여 편에 달하는 문학평론과 저서를 남겼다. 김윤식과 함께『한국문학사』(1973)를 펴냈으며, 고전에서 현대에 이르기까지 서로 다른 경향들에도 깊은 관심을 갖고 연구하여『존재와 언어』(1964), 『한국문학의 위상』(1977), 『분석과 해석』(1988) 등을 펴냈다. 또한 그는 불문학자로서 좀 더 세계적이고 보편적인 관점으로 우리 문학을 읽어내고 거기서 의미를 끌어내기 위해 외국문학 연구에도 관심을 보여 『바슐라르 연구』(곽광수와 공저, 1976), 『현대비평의 혁명』(1977), 『문학사회학』(1980), 『미셸 푸코의 문학비평』(1989), 『시칠리아의 암소』(1990) 등을 펴내기도 했다. 그가 죽은 뒤에도 평론집『말들의 풍경』(1990), 유고일기『행복한 책 읽기』(1992) 등이 나왔으며, 1993년에는 문학과지성사에서 『김현문학전집』 전 16권이 집대성되었다. 외국문학 논문상(1988), 제1회 팔봉비평문학상(1989) 등을 받았다.

그러나 그는 목포에서 거주한 기간이 짧은(10년 미만) 데다가, 평소 지방색(전라도 출신)에 대한 콤플렉스로 가급적 전라도에 관한 글을 쓰지 않았고, 전라도 출신 문인들에게 상대적으로 무관심했던 것으로 보인다. 게다가 '김현문학제'를 주관하는 단체가 문학적 성향이 다른 목포작가회의라는 점을 지적하는 사람도 많다. 1995년 김현문학비건립위원회가 향토문화관 뒤쪽에 세운 김현 문학비(현재는 목포문학관 입구로 이전)가 있으며, 2011년 목포문학관에 '김현관'이 들어섰다. 매년 목포문학관에서 김현문학제가 열린다.

8. 최하림 – 한국 시단의 균형주의자

최하림은 1939년 신안군 팔금면 원산리[9]에서 태어났다. 아버지를 일찍 여읜 그의 집안은 수업료를 내지 못해 학교를 다닐 수 없을 정도로 가난했다고 한다. 그래서인지 뚜렷하게 드러난 학력이 없다. 6세에서 11세까지 고향인 팔금면 원산리에서 어린 시절을 보낸 후 목포로 이주하여 오거리 일대를 중심으로 문학 청년기를 보냈다. 1962년 김현, 김승옥 등과 함께 산문시대 동인을 결성하여 우리나라 최초의 소설동인지『산문시대』를 5집까지 발간하였다. 박석규, 원동석, 김소

최하림 시인

남, 양계탁 등과 〈고도를 기다리며〉를 무대에 올리는 등 연극에도 관심을 보였다. 나중에 김현과 함께 상경하여『문학과지성』창간에 관여하기도 했다. 1965년 이후 약 30년 동안 서울생활을 하다가 1988년 광주로 내려와 10년 동안『전남일보』논설위원으로 재직했다. 퇴임 이후엔 충북 영동과 경기도 양수리를 전전하다가 2010년 지병으로 아깝게 타계했다.

산문시대 동인으로 활동하던 1964년『조선일보』신춘문예에 시「빈약한 올페의 회상」이 당선되어 시단에 나온 그는 우리 시단의 균형주의자 혹은 중간주의자로 알려진 시인이다. 그는 살아생전 목포의 문청시절을 회상하면서 "김현이 아폴로였다면 김지하는 디오니소스였다"고 술회한 바 있다. 그러면서 자신은 이 두 사람을 합친 이미지에 가깝다고 말하고 있다. 그의 시 세계는 초기 상징주의에서 중기에 사실주의로 바뀌었다가 후기에 다시 이를 통합하는 모습을 보여주고 있

---

9 현재 생가 터 위에 새로운 집이 들어서 타인이 살고 있다. 신안군에서 매입하고자 해도 주인이 팔지 않아 앞으로 복원사업에 차질이 예상된다.

으며, 시적 사유도 서양적인 것과 동양적인 것이 적당히 혼융되어 있는 특징을 지니고 있다. 색깔로 말하면 회색에 가깝다고 할 수 있다. 그래서인지 문단의 주목을 크게 끌지는 못했다. 미술에도 관심을 보여 관련 에세이집을 펴내기도 했다.

최하림의 시에 나타난 목포는 첫 시집 『우리들을 위하여』에 집중되어 있다. 그는 문학청년시절 프랑스의 상징주의 시인 보들레르, 말라르메, 발레리 등에 경도되어 있었다. 특히 발레리의 시집 『해변의 묘지』는 붙박이 텍스트였던 것으로 보인다. 그래서 그의 첫 시집에는 지중해의 몽환적 이미지가 넘실거린다. 「황혼」 등 초기시의 주요 무대는 목포의 해안통과 대반동 바닷가이다. 그는 학교를 가지 않는 날이면 늘 혼자서 해안통을 거닐었다고 한다. 그리고 보면 목포 해안통과 대반동 일대는 그의 초기시가 태어난 산실인 셈이다. 그러나 그의 바다와 관련된 시편들은 구체적인 삶이 살아 있는 건강한 것이라기보다는, 어둠과 불안과 공포에 휩싸인 관념적이고 추상적인 색채를 지니고 있는 것이 특징이다. 그의 의식이 그러했다.

시집으로 『우리들을 위하여』(1976), 『작은 마을에서』(1982), 『겨울 꽃』(1985), 『겨울 깊은 물소리』(1987), 『속이 보이는 심연으로』(1991), 『굴참나무숲으로 아이들이 온다』(1998), 『풍경 뒤의 풍경』(2001), 『때로는 네가 보이지 않는다』(2005) 등 8권과 2010년 작고 직전에 발간한 『최하림 시 전집』이 있으며, 시선집 『사랑의 변주곡』, 미술 에세이 『한국인의 멋』, 김수영 평전 『자유인의 초상』, 산문집 『멀리 보이는 마을』 등을 펴냈다. 조연현문학상, 이산문학상, 올해의 예술상 문학부문 최우수상(2005)을 수상했다.

그는 김지하와 함께 대한민국을 대표하는 목포 출신 시인이지만, 안타깝게도 말년에 목포로 돌아오지 못했다. 그래서 목포에는 그를 기념하는 문학비도 없다. 다만, 최근 출생지인 신안군 팔금면의 깨복쟁이 친구들과 신안군청이 합심하여 그를 기리는 시비공원 조성을 추진하고 있다.

9. 황현산 – 탁월한 번역가이자 문학평론가

황현산(黃炫山, 1945~2018)은 목포에서 태어나 문태고등학교를 거쳐 고려대학교 불어불문학과를 졸업하고 동 대학원에서 석사학위와 박사학위를 받았다. 고려대학교 불어불문학과 교수로 재직하던 1982년 번역서 생텍쥐페리의『어린 왕자』와 1984년 파스칼 피아의『아뽈리네르』를 펴내면서 번역가로 활동을 시작했으며, 1990년 문예진흥원

황현산 문학평론가

이 펴내는『문화예술』에 번역론을 써서 발표하면서 뒤늦게야 문학평론가로 등단했다. 그런 의미에서 그는 늦깎이이자 등단이라는 요식행위를 거치지 않은 문인의 전형이다. 이후 왕성한 저술 활동으로 김현 이후 한국이 낳은 최고의 평론가로 평가받고 있다. 2012년 제22회 팔봉비평문학상, 제20회 대산문학상을 수상했다. 한국번역비평학회 명예회장과 한국문화예술위원회 위원장으로 활동하던 중 2018년 지병

으로 타계했다.

황현산은 여러 모로 동향의 선배 평론가인 김현과 겹치는 점이 많다. 목포 문태고등학교와의 인연이 있는 점이 그렇고(김현은 잠깐 입학했다가 그만 두었음), 일찍부터 목포를 떠나 서울에서 활동했기에 뒤늦게야 목포 문단에 알려진 점이 그렇고, 프랑스문학[10]을 전공한 번역가이자 평론가라는 점이 그렇다. 특히 두 사람은 문체에 있어서 좋은 대비가 된다. 김현이 명료하고 아름다운 문체로 비평을 창작에 기생하는 장르가 아니라 독자적인 문학 장르로 끌어올렸다면, 그는 "진실을 꿰뚫으면서도 해석의 여지와 반성의 겨를을 누리는 새로운 문체"로 독자들로 하여금 지적이면서도 다층적 사고를 하도록 유도한다는 특징이 있다.[11]

그가 펴낸 저서들은 대부분 2000년대 이후에 집중되어 있는데, 평론집으로 『말과 시간의 깊이』(2002), 『잘 표현된 불행』(2012)이 있으며, 번역서로 스테판 말라르메의 『시집』(2005), 드니 디드로의 『라모의 조카』(2006), 발터 벤야민의 『보들레르의 작품에 나타난 제2제정기의 파리/보들레르의 몇 가지 모티프에 관하여 외』(2010)와 공동번역서 기욤 아폴리네르의 『알코올』(2010), 앙드레 브르통의 『초현실주의 선언』(2012), 샤를 피에르 보들레르의 『파리의 우울』(2015), 앙투안 드

---

10 1960년대 이후 광주를 비롯한 전라도 문학이 현실비판적인 리얼리즘 성향이 강했던 것에 비해 목포문학은 출발점부터 다른 성향을 보인 점이 흥미롭다. 표현주의 희곡을 썼던 김우진이 그렇고, 프랑스 상징주의 시에 경도되었던 최하림이 그렇고, 역시 프랑스 문학을 전공했던 김현과 황현산의 평론이 그렇다.

11 박상미, 「황현산·정산, 한국에서 유일한 '평론가 형제'」, 『주간경향』 1126호, 2015년 5월 19일. 문단에서는 이 두 사람의 평론 문체를 각각 '김현체'와 '황현산체'로 별칭하고 있다.

생텍쥐페리의 『어린 왕자』(2015), 샤를 피에르 보들레르의 『악의 꽃』(2016)이 있다. 또 산문집으로 한때 인구에 회자됐던 『밤이 선생이다』(2013), 『우물에서 하늘 보기』(2015)가 있다.

제 2 부

전남시단사

전남 시단의
흐름과 활동[1]

전남을 비롯한 호남지역은 예로부터 예향으로 불려왔다. 기후가 온화한데다가 토질이 비옥하고 서남쪽이 바다와 인접해 있어 농수산물이 풍부함에 따라 일찍부터 풍농과 풍어를 기원하는 민속을 비롯한 다양한 문화예술이 발달해왔기 때문이다. 문학예술도 논리적이고 설명적인 서사(산문)보다 즉흥적이고 감성적인 서정(운문)의 성향이 강하여 시문학이 융성하였다. 시문학의 뿌리는 백제시대의 가요로부터 시작되어, 조선시대의 시조와 가사를 거쳐, 현대시에 이르기까지 그 맥락이 면면히 이어져왔다. 이 글은 이러한 전통을 이어받은 전남의 현대시문학이 어떠한 흐름을 형성하여 왔는지 통시적으로 기술한 것이다. 1986년 11월 광주가 광역시로 승격되어 분리될 때까지 전남에

---

1 이 글은 계간 『시인수첩』(2017년 가을호)에 「풍류와 저항이 깃든 시문학의 보고-한국의 시단 전남편」이라는 제목의 특집으로 실린 것이다.

속했으므로 그 이전까지는 통합해서, 그 이후는 분리하여 기술했다.

-필자 주

1. 전남 시문학의 뿌리와 정신

전남 시문학의 뿌리는 백제시대의 가요에서 비롯되어 조선시대의 시조와 가사로 그 맥이 이어졌다. 백제시대의 가요는 전북의 「정읍사」·「방등산가」·「선운산가」와 함께 전남의 「무등산가」·「지리산가」가 있으며, 조선시대의 시조는 고산 윤선도의 「오우가」·「산중신곡」·「어부사시사」, 가사는 면앙정 송순의 「면앙정가」, 송강 정철의 「성산별곡」·「속미인곡」 등이 대표적이다.

전남의 시문학이 이 땅에서 하나의 문학권을 형성하게 된 것은 조선시대 중·명종 이후 송순과 임억령 때부터인 것으로 알려져 있다. 김인후, 임형수, 유희춘, 양응정, 백광홍, 박순, 김성원, 기대승, 고경명, 송익필, 정철, 백광훈, 최경창, 임제, 권필 등이 전남에 거주하면서 당대의 시문학을 주도하였다. 송순은 면앙시단의 창시자이고, 임억령은 성산시단의 일원이었는데, 전자는 국문시가에서, 후자는 한시에서 두각을 드러냈다. 이 두 사람은 박상의 문인인데, 이들의 문하에 앞에서 소개한 인물들이 모여들었다. 학문과 시가를 배우고 화답하는 이들의 집단적인 문학창작활동은 누정(樓亭)을 중심으로 이루어졌는데, 저 담양의 가사문학권역에 있는 송순의 면앙정, 임억령의 식영정, 김성원의 서하당, 양산보의 소쇄원, 김윤제의 환벽당, 정철의 송강정 등이 바로 그것이다.

전남의 전통적인 시정신은 풍류정신과 저항정신으로 양분할 수 있는데, 이는 이 지역에 자생하는 대표적인 나무 '대(竹)'에 빗대어 설명할 수 있다. 즉, 대나무는 태평세월에는 피리(악기)가 되지만, 시절이 어려울 땐 죽창(무기)이 된다는 것이다. 전자를 대표하는 작품이 윤선도의 「어부사시사」와 정철의 「장진주사」라면, 후자를 대표하는 작품은 송순의 「전가원(田家怨)」·정약용의 유배시 「애절양(哀絶陽)」·황현의 「절명시(絶命詩)」라고 할 수 있다. 현대에 이르러 전자는 1930년대 시문학파를 대표하는 김영랑의 「북」 등 순수시로, 후자는 1970년대 이후 김지하의 『오적』 등 현실비판시 혹은 민중시로 그 맥이 면면히 이어졌다고 하겠다.

2. 전남 현대시문학의 흐름

1) 발아기(1910~1940년대)

전남의 현대시는 일제강점기인 1915년 목포의 김우진이 쓴 「아아 무엇을 얻어야 하나」로부터 발아하기 시작한다. 근대지식인으로서의 고뇌와 방황을 노래한 이 시는 비록 미발표 습작시이자 일문시(日文詩)이긴 하나 창작년도로만 따지면 한국 최초의 근대자유시로 알려진 주요한의 「불놀이」(1919년 『창조』)보다 4년이나 앞선다. 호남 최초의 근대지식인이자 극작가였던 그는 1926년 현해탄에서 정사할 때까지

50여 편의 시를 남긴 시인이기도 했다.

그리고 영광에서 작문교사를 하며 『자유예원』이라는 등사판 문예지를 발간하던 조운은 1921년 근대시조 「초승달이 재를 넘을 때」(『조선문단』 2호)와 1922년 근대자유시 「불살라주오」(『동아일보』)를 각각 발표했다. 광복 후에는 조선문학가동맹에서 활동하다가 6.25 때 월북하였다. 그러나 김우진과 조운의 작품은 여러 가지 측면에서 본격적인 현대시로 보기엔 무리가 따르는 것이었다.

1930년대 들어 전남의 시단에는 획기적인 전기가 마련되는데, 강진의 김영랑, 김현구와 광산의 박용아가 주도한 시문학파의 출현이 그것이다. 당시 무명이었던 이들은 정지용 등 서울에서 활동하던 기성 시인들을 끌어들여 시문학파를 결성하고, 1930년대 한국현대시문학을 대표하는 동인지 『시문학』을 창간하였다. 1920년대 프로문학파에 대한 반발로 결성된 시문학파는 문학의 이념과 목적성을 일절 배제하고 시 자체의 순수성을 옹호하는 순수시운동을 벌였다. 특히 언어에 대한 자각을 처음으로 내세웠다는 점에서 이들의 출현은 전남은 물론 한국 현대시문학의 진정한 출발을 알리는 중요한 사건이었다. 이렇듯 전남의 현대시는 현실비판시가 아닌 순수시로 출발하게 된다.

김영랑은 동경 유학시절 수학도인 박용아에게 문학을 권유하고 시문학파의 결성을 부추긴 장본인이요 호남 현대문학의 실질적인 선

김영랑　　　　　　박용아　　　　　　김현구

두주자이다. 그는 일찍이 3.1운동 직후부터 강진에서 김현구, 차부진 등과 함께 시 동인지『청구』를 등사판으로 발간하였으며, 이때 습작한 4행시를 훗날『시문학』에 발표하기도 했다. 섬세한 언어감각과 빼어난 음악성을 바탕으로 한 그의 시는 1920년대 김소월의 시와 함께 한국 전통 서정시의 백미로 꼽힌다. 또한 일제 말에는 시「독을 차고」등을 통해 매운 저항의 결기를 보여줌으로써 호남의 풍류정신과 저항정신을 동시에 시로 구현한 시인이었다.

　박용아는 사재를 털어 시문학사를 차리고, 시문학파의 문학적 지향점을 이론으로 정립하였으며, 동인지『시문학』을 세상에 내놓은 결정적인 산파역할을 수행했다. 그러나 그는 시 창작보다는 문학이론이나 외국문학작품의 번역에 능했다. 특히 시문학파의 시창작방법론이라 할 수 있는「시적 변용에 대하여」는 한국 현대 시문학 사상 최초의 시론으로 유명하다.

　김현구는『시문학』2호에「님이여 강물이 몹시도 퍼렇습니다」등을 발표하며 시문학파에 가담한 시인이다. 김영랑과 함께 강진에 살면서 끝까지 시문학파로만 활동을 했지만 시집을 발간하지 못하고 사망함으로써 문학사에서 그 이름이 지워진 비운의 시인이다. 시세계가 김영랑과 흡사하다는 점에서 그 그늘에 가린 시인이기도 하다. 이렇듯 본격적인 한국현대시의 출발은 전남 출신인 이들 세 시인(평론가 김현은 이들 세 사람을 '강진시파'로 별칭하였음)에게 힘입은 바 크다.

『시문학』에 이어 특기할 만한 사실은 시사문예종합지 『호남평론』이 발간되었다는 점이다. 1935년 목포 김철진(김우진의 동생)의 주도로 창간된 이 잡지는 1930년대 목포권 문학의 구심점 역할을 충실히 수행하였다. 2년 4개월 동안 여기에 시를 발표한 사람은 이근화 등 53명에 이른다. 주식회사 호남평론사로 발전한 이 출판사는 경성에 총사무실을 두고 진도, 장성, 광주, 영광, 여수, 나주, 영암, 완도에 지사까지 둘 정도였다.

이들 외에도 1930년대에 등단한 시인은 역사와 현실에 대한 폭넓은 인식을 보여주었던 고흥 출신 조종현(동아일보, 시조, 1930), 조운과 함께 현대시조의 개척에 일조한 광주 출신 정소파(개벽, 시조, 1930), 조선문학가동맹에서 활동하다가 월북한 순천 출신 임학수(동아일보, 시, 1931), 1950년대 이후 호남 시문학 발전에 크게 기여한 평양 출신 김현승(동아일보, 시, 1934), 서정주 등과 함께 『시인부락』 동인으로 활동하다 월북한 화순 출신 여상현(시인부락, 시, 1937), 조운에게 시조를 사사하고 월북한 영광 출신 조남령(문장, 시조, 1939) 등이 있다.

1940년대 전남의 현대시문학은 한마디로 개점휴업상태였다. 이는 이 지역에만 국한한 일이 아니었다. 해방 이전까지는 문화의 암흑기와 겹쳐 있었고, 해방 이후는 이데올로기로 인한 갈등이 지배했다. 그런 와중에서도 1945년 문예종합지『예술문화』와 1947년『보국문학』이 목포에서, 1948년 문화종합지『호남문화』가 광주에서 발간된 것은 큰 위안거리였다. 특히『예술문화』는 한국문화단체총연합회가 발족한 1947년 봄에 발행처를 광주로 옮겨 제2권 5호까지 냈으며, 지금껏 전남에서 가장 오래된 문예종합지로 평가받고 있다.

2) 성장기(1950~1960년대)

동인지『신문학』창간호

1950년대는 6.25전쟁의 참화와 상처에도 불구하고 암흑기와 해방기를 견딘 전남의 시문학이 다시 자생적인 뿌리를 내리고 싹을 틔운 시기라고 할 수 있다. 이 시기 전남의 시문학은 광주보다는 피난 온 문인들이 많았던 목포를 중심으로 발전했다. 지역 문인들에게 작품 발표의 장이 되었던 문예지가 속속 발간되었고, 이를 발판으로 1940년대에 잠복해 있던 전남의 젊은 문학인들이 문단에 대거 진출하게 된다.

1951년 해군 목포경비부가 정훈사업의 일환으로 발간하여 피난 온 문인들의 작품발표의 무대가 되면서 6.25 이후 한국의 출판계를 통틀어 최초의 월간지로 기록된『갈매기』와 주간지『전우』를 비롯하여, 같은 해 광주에서 발간된 순문예종합지『신문학』, 1년 뒤인 1952년 목포에서 발간된 시전문문예지『시정신』은 전남의 현대시문학이 본격적으로 성장할 수 있는 기틀을 마련해주었다. 특히『신문학』과『시정신』은 재정문제로 각각 4집과 5집까지밖에 나오지 못했지만, 광주와 목포의 지역문인은 물론 전국의 문인들이 필진으로 참여함으로써 범문단적인 문예지로 손색이 없었다.『신문학』창간호는 김현승 등 동인의 힘으로 창간되었고, 2집부터는 박용아의 미망인 임정희 여사의 재정적 후원으로 김현승이 편집을 맡았다. 여기에 참여한 시인은 김현승, 이동주, 박흡, 이석봉, 이수복, 김일로 등이다. 특히 여기에는 잠시 광주에 와서 살던 서정주의 시「무등을 바라보며」가 실려 있어 눈길을 끈다.『시정신』창간호의 편집인은 차재석(차범석의 동생) 1인 체제였으나, 2호부터는 광주의 김현승과 이동주를 끌어들여 3인 공동 편집인 체제를 유지하였다. 1930년대 시단을 주도했던 시문학파의 뜻을 계승하고자 했던(창간호에 박용철의 미발표 유고시「미인」을 실은 것도 그가『시문학』창간을 주도한 주역이었기 때문이다) 이 잡지는 시 전문지가 전무했던 시절 그 역할을 충분히 하였다는 점, 호남 지역이 시문학의 고장이 되는 발판을 마련한 점, 지역에서 발행한 잡지였지만 지역을 뛰어넘는 시 전문지였다는 점 등의 의미를 갖는다. 여기에 시를 발표한 호남 출신 시인은 이병기, 신석정, 박용철, 서정주, 김현승, 이동주, 박흡, 박봉우, 박성룡 등이다. 특히 서정주의 시「학」, 김현승의 시「눈물」이 여기에 발표되었다. 1955년에는 문학동인지『영도』가 창간되어 4집까지 나왔다. 여기에 참여한 시인은 박봉우, 박성룡, 강태열, 정현웅이다.

김현승

이 시기에 전남의 시문학을 이끌었던 시인은 기독교적 세계관을 바탕으로 인간의 내면을 탐구했던 김현승, 한국의 전통정서인 '한'을 섬세한 리듬으로 노래한 이동주, 역시 한국의 토속적 정서를 민요적 정서로 노래한 「봄비」의 시인 이수복, 등단작 「휴전선」을 통해 남북분단의 아픔과 극복의지를 노래한 박봉우 등이다. 특히 평양에서 태어났으나 목사인 부친을 따라 7세 때 광주에 정착한 김현승은 전남 시단의 층을 두텁게 하는데 크게 기여했는데, 그가 가르치고 배출한 시인만도 박성룡, 박봉우, 윤삼하, 이성부, 주명영, 정현웅, 박홍원, 문병란, 손광은, 진헌성, 주기운, 정규남, 임보 등 30여 명에 이르고 있다. 한편, 서정주는 이 무렵 무등산 기슭의 김현승의 집에 기거하면서 지역 시단에 활기를 보탰다.

동인지 「원탁시」

1950년대에 등단한 시인은 이동주, 허연, 이수복, 김재희, 권일송, 기노을, 박정온, 송선영, 송석래, 윤삼하, 정현웅, 최봉희, 황양수, 윤종석, 정규남, 안도섭, 최은하, 이성부, 정진홍, 박훤, 정일진, 전승묵, 김일로, 김해성, 정재완, 박홍원, 진헌성, 손광은, 문병란, 김재흔, 박봉우, 박성룡, 최덕원, 황길현, 황의돈 등이다.

1960년대 전남의 시문학은 4.19 시민혁명과 5.16 군사쿠데타를 체험한 세대가 시의 예술성을 한 단계 끌어올렸으며, 산업화로 인한 경제구조개편이라는 열악한 상황 속에서도 현실비판의 성향을 지닌 작품들이 그 어느 지역보다 강했다. 그리고 훗날 한국 시단을 대표하는 시인들과 문학동인지들이 우후죽순처럼 쏟아져 나와 어쩌면 문학적 성장이 정점에 달한 시기였다고 해도 과언이 아니었다. 이때도 전남의 시단을 주도한 곳은 광주보다 목포였다.

1962년 김현, 최하림, 김승옥이 주축이 되어 목포에서 발간한 한국 최초의 소설 동인지『산문시대』에 이어 한국문인협회 전남지부가 공식 출범했다. 1964년 정소파, 허연, 김해성, 윤삼하, 범대순, 안도섭, 박홍원 등이 광주에서 시예술동인회를 결성하고 동인지『시예술』을 발간했다. 또 권일송, 박춘상, 오영배, 김중배 등이 월요문학동인회를, 이성부와 문삼석 등이 순문학동인회를 결성하여 활발한 활동을 벌였다. 1967년엔 전국 최장수 시 동인지인『원탁시』가 범대순의 주도로 창간되었다. 여기에는 당시 '광주문단의 스승'으로 불렸던 김현승 시인의 문하생들이 주요 동인으로 참여했는데, 그 멤버는 범대순, 권일송, 윤삼하, 정현웅, 박홍원, 손광은, 김현곤, 송선영, 황규련 등이다(원탁의 역사는 광주 시문학의 역사로 통하고 있다). 목포에서는 목포 최장수 시 동인지로 기록(2000년 28집을 끝으로 폐간)된『흑조』가 이생연, 주정연, 정영일, 김창완, 정설헌 등이 주축이 되어 1966년 창간된 것을 비롯하여『보륜시대』,『해안선』,『목요회』,『목포교육』,『목문학』등 다양한 문학동인지가 무수히 쏟아져 나왔다.

1960년대에 두드러진 활동을 보인 시인으로 공동체의식과 전라도의 역사의식을 시로 형상화한 이성부, 모더니즘과 리얼리즘을 절묘하게 결합시킨 우리 시단의 균형주의자로 통하는 최하림, 동양의 철학과 사상을 감각적이고 역설적인 모더니스트의 문체로 담아내어 시류에 휩쓸리지 않은 독자적인 세계를 구축한 오세영 등을 들 수 있다. 이 밖에 1960년대에 등단한 주요 시인은 강태열, 범대순, 박보운, 박문재, 주명영, 박진환, 김정숙, 문정희, 김하림, 허의녕, 임보, 김제현, 윤금초, 김현곤, 문도채, 이향아, 김송희, 정현웅, 김종, 김규화, 김만옥, 조태일, 윤재걸, 강인한, 서정춘, 오순택, 민용태, 정지하, 이한용, 차의섭, 박건한, 양동온, 김지하, 이시영, 김준태 등이다.

3) 변혁기(1970~1980년대)

동인지 『목요시』

1970~80년대 전남의 시문학은 독재에 저항하는 시인들에 대한 정치적 탄압이 심해지고, 산업화의 가속화에 따른 이촌향도현상이 극심해지는 변혁기를 맞이하게 된다. 따라서 시대상황에 대한 응전의 방식으로서의 반체제 저항시와 민중시가 지역시단을 주도하게 된다. 이로 인해 외부에서 '호남 시인=좌파 시인'이라는 곡해된 인식이 팽배하게 되었다. 실로 호남의 시정신 중 저항정신이 정점에 달한 시기였다.

1970년대에 접어들면서 문병란, 조태일, 김지하, 양성우, 김남주 등이 당시 국가비상조치로 구금을 당하거나 부당한 피해를 입은 전남 출신 시인들의 수난사가 이어졌다. 그런가 하면 이성부, 조태일, 김지하, 최하림, 권일송, 문정희, 이시영, 송기원, 고정희, 윤재걸 등 핵심적인 시인들이 서울로 빠져나가 지역 시단이 상대적으로 약화되는 면모를 보이기도 했다.

조태일

그러나 전남문인협회가 결성되고, 연간 기관지인 『전남문단』이 1986년 광주와 전남이 분리될 때까지 14집이나 발간되었다. 또한 광주에서 『목요시』, 목포에서 『청호』·『나루』 같은 동인지가 창간되는 등 활발한 활동을 이어갔다. 특히 상업주의와 상투적 참여주의를 배격하며, 소시민적 중산층의 일상 의식에 비판적 현실 인식을 덧댄 일상적 종합성을 추구하는 '참다운 시'를 기치로 내걸고 1979년 창간된 동인지 『목요시』는 대구의 『자유시』와 함께 1980년대 지역을 대표하는 소집단문예운동으로 평

송수권

가받았다. 창간 당시 동인은 강인한, 고정희, 국효문, 김종, 허형만이며 2호부터 송수권, 김준태, 김종이 합류했다.

이 시기에 가장 두드러진 활동을 벌인 시인은 출향파로 김지하, 조태일, 이시영, 서정춘, 문정희, 지역에 남아 시단을 이끈 문병란, 양성우, 송수권 등이다. 김지하는 1970년 벽두에 졸속한 근대화에 따른 독재 권력의 폭력성과 부패 특권층의 비리를 통렬하게 고발한 담시 「오적」을 발표하며 단번에 반체제 저항시인의 대명사로 떠올랐고, 조태일 또한 대지의 강인한 생명력을 바탕으로 시대의 폭력에 '식칼' 같은

시로 당당히 맞섰으며, 이시영은 폭압적 정치 상황에 저항하는 민중의 분노와 실의 그리고 삶의 애환과 곡절을 서사적 골격의 이야기 시에 담아냈고, 서정춘은 촌철살인적인 짧은 시로 주목을 받았으며, 문정희는 여성과 남성의 평화적 공존 관계를 노래했다. 또한 문병란은 실존적 고독과 방황에 역사와 현실에 대한 비판의식을 아우르는 시를 썼으며, 양성우는 이 땅의 암울했던 정치 상황을 동토(凍土)에 비유한 시집 『겨울공화국』과 폭력을 행사하는 세력에게 시달리는 사람들의 고통을 노래한 시집 『노예수첩』으로 수없이 옥고를 치렀고, 송수권은 시류에 상관없이 남도의 정서와 정신을 육화한 전통서정시로 주목을 받았다. 이들은 모두 지역을 넘어서 1970년대 한국 시단을 대표하는 시인들이다. 당시 전남 출신 시인들이 한국 시단에서 얼마나 중요한 위치를 차지하고 있었는가를 이들의 이름만으로도 충분히 짐작할 수 있다.

이 밖에 1970년대에 등단한 시인은 진헌성, 정중수, 국효문, 장효문, 위증, 노향림, 최정웅, 노창수, 김목, 전원범, 오명규, 허형만, 김창완, 이상설, 박주관, 송기원, 김만옥, 고정희, 김남주, 김종, 송상욱, 윤재걸, 정을식, 최규철, 황국산, 최재환, 장사도, 김승희, 최일환, 이한성, 주정연, 정일진 등이다. (*1970년대부터는 등단한 시인들이 일일이 헤아릴 수 없을 정도로 많아 비교적 활발히 활동한 사람만 소개한다. 이 점 양해 바란다.)

1970년대의 연장선상에 있는 1980년대 전남의 시문학은 벽두에 터진 5.18광주민중항쟁으로 인해 급격한 변화의 물결에 휘말리게 된다. 지역 시단은 보수진영보다 진보진영으로 쏠리게 되고, 시대상황에 대한 시적 응전으로 민주·민중·통일이라는 화두가 대세로 떠올랐다.

이는 전남뿐만 아니라 한국 시단 전체의 관심사였다. 실로 한국 시단의 중심이 전남 특히 광주로 옮겨온 듯한 시기였다. 그런가 하면 1986년 11월 1일 광주가 직할시로 승격됨에 따라 원래 하나의 문학권이 안타깝게도 둘로 갈라지게 되었다. 이에 따라 광주의 시문학보다 전남의 시문학은 상대적으로 그 세가 약화되었다. 1987년 기존의 전남문인협회도 재편되

동인지 『오월시』

어 광주문인협회와 전남문인협회로 나뉘게 되었으며, 같은 해 기관지 『광주문학』과 『전남문학』 창간호를 발간하게 되었다.

1980년대 전남 시문학의 특징 중 하나는 문학단체보다는 소그룹 동인회가 발간하는 동인지 중심으로 시작 활동이 펼쳐졌다는 점이다. 그 대표적인 경우가 70년대 시인들 중심의 『목요시』를 이은 5.18광주민중항쟁을 체험한 지역 출신 80년대 젊은 시인들 중심의 동인지 『오월시』이다. '오월시동인회'가 5.18광주민중항쟁 체험을 시로 담아내기 위해 창간한 이 동인지는 항쟁 본거지의 목소리를 담고 있다는 점에서 전국적인 주목을 받았다. 여기에 동인으로 참여한 시인은 곽재구, 나종영, 박몽구, 박주관, 최두석, 고광헌, 이영진, 윤재철, 나해철, 김진경 등이다. 이 밖에 '광주청년문학회'가 발간한 무크지 『봄, 금남로, 가로수』, 국효문·이향아·최봉희·백추자 등이 발간한 여성문학동인지 『시누대』, 목포에서 발간한 『시류』·『목포시문학』·『시울』 등이 있다.

김준태   김남주   황지우

　이 시기에 가장 두드러진 활동을 벌인 시인은 김준태, 고정희, 허형만, 김남주, 황지우, 곽재구, 박노해, 고재종, 임동확이다. 김준태는 1969년에 등단했지만 1970년대에는 농촌의 현실을 대변하는 시를, 1980년대는 광주민중항쟁의 참상을 노래한 조시「아아 광주여, 이 나라의 십자가여」를 써서 광주를 상징하는 시인이 되었으며, 지금도 광주에 살면서 끝까지 지역 시단을 지키고 있다. 고정희는 직설적이며 강건한 문체로 여성 해방을 노래한 대표 주자가 되었고, 허형만은 일상적 현실인식의 시로 목요시 동인회를 이끌었으며, 김남주는 시인이 전사가 될 수 있다는 믿음을 행동으로 보여준 당대의 가장 전투적인 시인이었다. 황지우는 새로운 해체기법으로 광주민중항쟁과 시대의 모순을 풍자한 80년대 최고의 시인으로 평가받았고, 곽재구는 가난한 민중의 현실을 서정적으로 노래한 오월시 동인회의 대표시인이었으며, 박노해는 시집『노동의 새벽』으로 80년대 노동현실을 고발한 노동자 시인이고, 고재종은 눈부신 언어감각으로 핍진한 농촌현실과 자연생태를 노래한 농민 출신 시인이며, 임동확은 시집『매장시편』등

을 통해 광주민중항쟁에 대한 원죄의식을 고통스런 언어로 증언했다.

이 밖에 1980년대에 등단한 시인은 고형렬, 최두석, 나해철, 나종영, 박몽구, 박주관, 이영진, 이지엽, 고광헌, 박상천, 김희수, 김휘승, 백추자, 조병기, 박선욱, 이학영, 이승철, 김해화, 박두규, 김기홍, 최규창, 최병두, 조승기, 경철, 윤삼현, 황인태, 정기석, 이생연, 이진영, 박형철, 이성관, 김정삼, 김하늬, 박덕은, 오인철, 이준행, 박록담, 문두근, 정형택, 최승권, 송명진, 윤희상, 이충이, 최건, 명기환, 신정숙, 김관재, 조기호, 박영희, 천병태, 이재창, 박현덕 등이다.

4) 정체기(1990~2010년대)

1990년대부터 2018년 현재까지 전남의 시문학은 오랜 정체기 속 암중모색의 시기라고 할 수 있다. 1980년대 중반 문민정부가 들어서고 이념이 붕괴되면서 소위 좌파문학(민중시)은 방향성을 잃고 흔들리게 되었다. 이에 따라 이 지역의 시문학은 달라진 시대의 흐름에 적응하지 못한 채 5.18광주민중항쟁으로 인한 심각한 후유증을 앓게 되었다. 더욱이 광주로부터 분리된 전남의 시문학은 구심점을 상실한 채 좌충우돌하게 되었으며, 창작 활동은 단체나 소그룹 중심이 아닌 개인이 각개전투를 하는 식으로 바뀌게 되었다. 아울러 지역문단의 정체성을 상실한 채 중앙문단만 바라보는 해바라기성 분위기가 오래 지속되었다. 2000년대 들어 등단한 시인들이 폭증했지만 자질이나 작품의 질적 저하는 오히려 두드러졌다. 또한 남성시인들은 갈수록 줄고, 여성시인들의 문단 진출이 크게 늘어났다.

그러나 1987년 9월 진보문학진영의 자유실천문인협회가 (사)민족
문학작가회의로 확대·개편·창립되면서 1997년 4월 이 지역에도 광
주와 전남을 통합한 (사)민족문학작가회의 광주·전남지회가 창립되
고 전남의 각 시·군에도 지부가 결성되어 비교적 활발한 활동을 벌였
다. 매년 문학아카데미 강좌를 열어 젊은 시인들을 발굴하고, 섬진강
여름문학교와 오월문학제를 개최하여 문학의 대중화에 기여하였으
며, 1996년엔 영·호남민족문학인대회를 목포에서 개최하기도 했다.
2007년 12월엔 (사)한국작가회의 광주·전남지회로 개칭한 이후 기관
지『작가』를 발간해오고 있다. 또한 광주문인협회와 전남문인협회도
기관지인『광주문학』과『전남문학』발간을 이어가는 등 여러 가지 문
학 관련 사업을 활발히 벌였다.

계간『시와사람』

계간『문학들』

　　1990년대 들어 광주·전남문단에 가장 획기적인 변화를 가져온 것
은 전국 대상 순수문예지들이 창간되었다는 점이다. 1992년에 창간

된 문학종합지 계간『문학춘추』(발행인 겸 편집인-박형철), 1996년에 창간된 시 전문문예지 계간『시와 사람』(발행인-강경호, 편집주간-신덕룡)과 시조 전문문예지 계간『열린시조』(발행인-지현구, 편집주간-이지엽), 1999년에 창간된 문학종합지 격월간『현대문예』(발행인-황하택, 편집주간-심윤섭)가 그것이다. 이들 잡지는 그간 공식적인 문예지가 없었던 광주·전남 시인들에게 작품을 발표할 수 있는 장을 활짝 열어주었음은 물론 신인문학상공모를 통해 새로운 시인들을 발굴하는 데도 기여하였다. 2005년엔 문학종합지인 계간『문학들』(발행인-송광룡, 편집주간-고재종)과 2007년 계간『서정과상상』(발행인 겸 편집인-강경호)까지 창간되어 명실공히 이 지역의 문학을 실질적으로 주도하고 있다.

2000년대 들어와 생긴 또 다른 변화는 전남 지역에 각종 문학관이 속속 들어서 지역문단의 구심점 역할을 톡톡히 하고 있다는 점이다. 담양의 한국가사문학관(2000년), 곡성의 조태일시문학관(2003년), 목포의 목포문학관(2007년), 장흥의 천관문학관(2008년), 순천의 순천문학관(2010), 강진의 시문학파기념관(2012년), 고흥의 조종현·조정래·김초혜가족문학관(2017), 해남의 땅끝순례문학관(2017) 등 8곳이 그것이다. 특히 목포문학관과 시문학파기념관은 해당지역 작가들을 기념하거나 홍보하는데만 그치지 않고, 다양한 문학행사 개최와 문예창작 교육의 요람 역할을 하고 있어 전국에서도 최우수 문학관으로 평가받고 있다.

1990년대 이후 활발한 활동을 벌이면서 자신의 시세계를 구축해가고 있는 시인은 남도의 정서와 생태적 자연을 노래한 김선태, 남도 시인의 모순된 양면성을 보여준 정윤천, 남도의 강렬한 서정의 힘을 육화한 이대흠 등을 들 수 있다. 이들은 모두가 남도의 지역성에 바탕을 두고 있으되 저마다 조금씩 다른 면모를 보이고 있으며, 창작과비평사에서 시집을 출간한 공통점을 지니고 있다.

이 밖에 1990년대부터 2018년 현재까지 등단한 시인들은 강경호, 강만, 고규석, 고성만, 고영서, 강정삼, 김경주, 김진수, 김영천, 김재석, 송광룡, 신정숙, 김호균, 염창권, 이상인, 이생연, 이수행, 이창수, 이철송, 이봉환, 박관서, 박성민, 박승자, 김미승, 김병호, 김은우, 서종규, 손수진, 김용재, 김강호, 김동찬, 서연정, 서효인, 선안영, 안오일, 오성인, 윤석주, 이송희, 이재연, 이지담, 임성규, 장정희, 장수현, 정영주, 조성국, 조용환, 조진태, 주전이, 최기종, 최병우, 최한선, 천병태, 하린, 함진원, 황정산, 황하택 등이다.

3. 전남 시단의 과제와 전망

지금까지 살핀 바대로, 면면한 역사와 전통을 자랑하는 전남은 한국현대시문학의 흐름을 주도하는 기라성 같은 시인들을 다수 배출해왔다. 그러나 근래에 이르러 그 맥이 끊길 위기에 봉착해 있다고 해도 과언이 아니다.

근래 들어 전남의 시단은 함량미달의 문예지가 난립하면서 등단한 시인들이 급격하게 늘어 양적 풍요를 구가하고 있는 듯 보이지만, 오히려 개별적 자질이나 작품의 질적 편차는 현저해서 하향 평준화현상이 뚜렷해지고 있다. 이에 따라 시적 성취도가 높은 시인은 점점 줄어

들고 있으며, 40~50대의 중고신인만 늘 뿐 20~30대의 새롭고 개성 있는 신인들은 거의 찾아볼 수 없게 되었다. 그럼에도 불구하고 정신이 극도로 황폐화되고 경제적으로 어려워 먹고 살기 힘든 시대에 정신문화의 꽃이라고 할 수 있는 시를 쓰는 시인들이 늘고 있다는 사실 자체만큼은 긍정적으로 보아야 마땅하다. 문제는 한갓 취미나 현시욕으로 시인의 이름표를 달려는 사람들일 것이다. 게다가 새로운 변화의 흐름을 감지 못하고 구태의연한 창작방법에만 의존하는 시인들이 대부분이다. 자기만의 독특한 시를 쓰기 위해서는 그만큼 공부를 해야 하고, 늘 새로운 실험정신이 필요한데 그냥 자족적인 자세에 머물려는 시인들이 많다. 작품의 질적 향상을 위한 노력보다 행사 위주에만 매달리는 문학단체의 경우도 문제이다. 물론 문학행사가 필요 없다는 것은 아니다. 그러나 문학은 작품으로 평가받아야 한다는 인식이 선행되어야 한다.

문학의 사대주의 현상도 상존하고 있다. 대부분의 문학 권력이 수도권에만 몰려 있는 실정이라 중앙문단의 눈치를 보아야 하는 해바라기성 분위기가 팽배해 있다. 시집도 거의 자비출판이고, 중앙 문예지에 작품을 발표할 기회조차 얻기 어렵다. 그러다보니 열등감과 소외감에 빠져 있는 시인들이 부지기수다. 물론 이는 전남만이 아니라 지역 전체가 안고 있는 어쩔 수 없는 한계이자 풀어야 할 숙제이다. 더욱 큰 문제는 날이 갈수록 지역문학의 독특한 컬러를 상실한 채 무조건 중앙에서 유행하는 문학을 추종하려는 성향이 강해지고 있다는 점이다.

그렇다면 전남의 시단이 이러한 문제점들을 극복하고 다시 활성화를 꾀하려면 어떻게 해야 할까. 그 해결책은 무엇보다도 전남 시단만의 지역성과 정체성을 회복하는 데 있다. 앞으로도 계속 중앙의 시단을 추종하는 데만 그친다면 전남의 시단이 굳이 따로 존재할 이유나 당위성이 없다. 모름지기 서울도 하나의 지역이고, 전남도 하나의 지역이다. 그러므로 전남은 서울과 구별되는 변별성이 있어야 살아남을 수 있다. 그러기 위해서는 전남만의 문학특성화가 긴요하다. 예를 들면, 전남지역에서도 목포의 경우 서남해를 끼고 있는 지리적 환경을 감안할 때 해양문학으로 특성화해야 목포만의 독특한 문학적 컬러가 살아날 수 있다. 이렇듯 전남의 시단이 특성화를 꾀할 때 잃어버렸던 지역성과 정체성을 회복하고 발전을 지속할 수 있을 것이다.